백야

백야

1판 1쇄 발행 | 2002. 8. 30
2판 2쇄 발행 | 2017. 6. 26

지 은 이 | F. M. 도스토예프스키
옮 긴 이 | 이상각
펴 낸 이 | 박옥희
펴 낸 곳 | 도서출판 인디북

등 록 일 자 | 2000. 6. 22
등 록 번 호 | 제 10-1993호
주　　　소 | 서울시 마포구 마포대로 11나길 6 2층
전　　　화 | 02)3273-6895
팩　　　스 | 02)3273-6897

ISBN 978-89-5856-108-8 03890

백야

F. M. 도스토예프스키 지음 | 이상각 옮김

인디북

차례

백야

착한 영혼

백야

– 어느 몽상가의 추억 –

상실의 아침

아름다운 밤, 젊은이만이 느낄 수 있는 그런 밤, 캄캄한 하늘 끝자리에 총총히 아로새겨진 성좌를 바라보면서 문득 우리들은 이런 질문을 스스로에게 던져 볼 때가 있다.

'이렇게 아름다운 하늘 아래 심술쟁이나 변덕쟁이가 존재할 수 있을까?'

이것은 아주 유치한 물음인지도 모른다. 하지만 하느님께서는 이런 종류의 궁금증을 우리가 좀더 자주 가질 수 있도록 도와주시리라 믿는다. 심술궂거나 변덕스런 사람들을 떠올릴 때면 나는 오늘 하루의 일을 회상하지 않을 수 없다.

이른 아침이었다. 이상야릇한 고독감이 나를 찾아왔다. 갑자기 사람들이 나를 외면하고 있다는 불안감이 머릿속에 쏟아져 들어왔다.

'도대체 사람들이란 무엇인가? 대체 그들은 누구인가?'

하기야 나는 18년 동안 이 도시에 살면서도 아는 사람 하나 없는 처지였다. 하지만 아는 사람이 대체 무슨 필요가 있단 말인가?

나는 이미 그 사람들을 잘 알고 있다. 그런데 그들이 각자 자신의 별장으로 우르르 떠나 버리자 나는 왠지 그들에게 버림받은 듯한 느낌이 들었다. 갑자기 무서워졌다. 혼자 남겨졌다는 두려움. 그래서 나는 꼬박 사흘 동안 마음을 다잡지 못하고 거리를 방황했다. 넵스키 거리에 가 보아도, 공원에 가 보아도, 강변을 걸어 봐도, 최근 일 년 동안 같은 시간 같은 장소에 보이던 그 사람들은 하나도 보이지 않았다.

그들이 나를 어찌 알겠는가? 하지만 나는 그들을 잘 안다. 낱낱의 얼굴 표정까지도 자세히 기억할 정도이다. 그들의 얼굴에 생기가 넘치면 나는 온전한 기쁨에 넋을 잃을 지경이었으며 그들이 어두운 표정으로 서성대는 모습을 볼 때면 나도 함께 우울한 기분에 잠겨 들곤 했으니까.

폰탄카네바 강 근처의 운하에서 매일같이 만났던 노인은 친구라고 해도 좋을 정도였다. 그는 언제나 거드름을 피우면서도 깊은 생각에 빠진 몸짓으로 뭔가를 중얼거리며 왼손을 휘젓고 다녔다. 오른손에는 금빛 손잡이가 달린, 길고 마디가 많은 지팡이를 들고서.

그는 항상 나를 알아보는 체했다. 때문에 만일 내가 정해진 시간에 폰탄카의 그 장소에 나가지 않는다면, 그 역시 외로울 거라고 나는 믿어 의심치 않았다.

피차 그런 형편이라 언젠가는 하마터면 그와 인사를 나눌 뻔한 적이 있다. 우연찮게 둘 다 기분이 좋았던 경우였다. 최근에만 하더라도 이틀 동안 보지 못하다가 사흘째 되는 날 마주치자 둘 다 반사적으로 모자에 손을 올릴 뻔했다. 다행히도 서로가 재빨리 그것을 깨달았기 때문에 슬그머니 들었던 손을 내리고는 아무렇지도 않은 듯이 지나쳐 버렸다.

도시의 건물들도 마찬가지다. 거리를 걷고 있노라면 그들은 하나하나 내 앞에 뛰어나와 이렇게 다정히 말을 걸 것만 같다.

'안녕하세요? 기분은 어떠세요? 저도 무척 좋답니다. 그런데 전 5월이 되면 한 층을 더 올린답니다.'

'어휴, 전 이번에 불이 나서 하마터면 다 타 버릴 뻔했어요. 얼마나 놀랐는지 몰라요.'

이렇듯 내 마음에 다가오는 건물들, 그중에는 오랜 친구처럼 느껴지는 것들도 있다. 그중의 하나는 올 여름이면 수리를 받을 예정이었다. 그래서 그때쯤이면 일부러 가서 살펴볼 작정이다. 행여 잘못되기라도 하면 큰일이니까.

언젠가 아주 환한 핑크빛 주택에서 일어났던 사건을 잊을 수가 없다. 그것은 조그맣고 귀여운 석조 건물이었다. 귀부인 같은 그 건물은 나를 다정하게 바라보면서도 주변의 볼품없는 집들에게는 으스대는 듯 보였다. 아름다움만이 갖는 오만이라고나 할까.

그 건물 곁을 지날 때면 나는 벅차오르는 희열에 빠져들곤 했다. 그런데 지난 주, 무심코 거리를 걷다가 이 친구를 바라보니 매우 슬픈 듯한 목소리가 들려오는 것이 아닌가?

'아아, 나는 노랑색으로 칠해지고 있어요.'

악당들 같으니, 이 야만인들! 사람들은 그녀의 둥근 기둥도, 처마 언저리에 수평으로 낸 장식조차도 아랑곳하지 않고 모조리 노랑색으로 물들여 놓았다. 아름다운 내 친구는 카나리아처럼 몽땅 샛노랗게 변하고 말았다.

이 갑작스런 사건 때문에 나는 울화가 치밀었다. 그리고 이후에는 볼품없이 변해 버린 그 불쌍한 친구를 만나 볼 용기가 생겨나지 않았다.

나는 꼬박 사흘을 불안스런 마음으로 지냈다. 그런데 이제야 그 이유를 알아낸 것이다. 내 곁에는 아무도 없다. 그들은 도대체 어디로 가 버렸단 말인가? 집에 있어도 전혀 마음이 잡히지 않았다. 이 방 안에 뭔가 부족한 게 있는 것일까? 나는 이틀 밤이나 고민에 빠져 있었다. 왜 이다지도 답답할까? 아무래도 알 수 없는 노릇이었다.

녹색의 그을린 벽, 하녀 마트료나의 게으름으로 날이 갈수록 늘어만 가는 천장의 거미줄, 시들어 가는 빛깔의 가구들을 바라보면서 내 불행한 마음의 원인이 바로 이런 것들 때문이 아닐까 의심해 보았다. 의자까지도 일일이 살폈다. 의자가 나도 모르게 약간 비뚤어져 있을 수 있으니까 말이다.

심지어 창문까지도 샅샅이 살펴보았지만 공연한 일이었다. 내 마음은 조금도 편해지질 않았다. 그래서 마트료나를 불러 거미줄을 비롯하여 그밖의 세세한 부분까지 짚어 가며 시어머니가 며느리를 구박하듯 잔소리를 해댔다. 그러자 그녀는 아닌 밤중에 웬 홍두깨냐는 듯 내 얼굴을 힐끗 쳐다보더니 횅하니 밖으로 나가 버렸다.

떠나가는 사람들

이제 나는 어슴푸레 찾아온 상실감의 원인을 깨닫게 되었다. 그것은 모두가 나를 버리고 떠나갔기 때문이다.

오늘 아침에야 불현듯 다가온 깨달음, 이 도시에 사는 모든 사람들이 자신들의 별장으로 떠나 버렸든가, 혹은 이제부터 떠나려 하고 있었던 것이다.

길가에서 마차를 빌리려고 서 있는 신사들은 누구나 알아주는 집안의 가장들이었다. 이제 그들은 일상에서 해방되어 따사로운 별장 생활의 안온 속으로 뛰어들 것이다. 얼마나 홀가분한 기분일까? 그들은 지금 누구에게라도 이렇게 말할 것만 같다.

"내가 말이죠. 이제 두 시간만 지나면 별장으로 떠날 겁니다. 하하하!"

그래서 나는 작고 귀여운 소녀가 창문을 열고, 하얗고 갸름한 손가락으로 꽃장수를 부르는 풍경만 봐도 이렇게 단정하게 되었다.

14

'저 소녀는 이 숨 막히는 도시 한복판에 있는 집에서 봄의 향기를 즐기려는 것이 아니라 가족들과 별장으로 가는 길에 꽃을 가져가려는 것이구나.'

나는 금방 이런 관찰에 익숙해지기 시작했다. 사람들의 몸짓을 슬쩍 보기만 해도 그가 어떤 별장에 살고 있는지 알아낼 수 있게 된 것이다.

카멘느이 섬이나 아프체칼스키 섬, 혹은 페테르코프 가에 살고 있는 사람들은 몸가짐이 말쑥하고 세련되었는데, 그들은 멋진 여름옷에 화려한 마차를 타고 간다. 파르콜로프나 그보다 더 먼 곳에 사는 사람들은 태도가 점잖고 당당하다. 크레스토프스키 섬 사람들은 백치 같은 명랑함으로 사람들의 시선을 사로잡는다.

나는 곧 짐마차의 긴 행렬과 부딪친다. 마부들은 고삐를 쥐고 온갖 가구, 즉 테이블과 터키식의 긴 의자, 그밖에도 많은 물건들을 산더미처럼 쌓아올린 마차를 끌며 힘겹게 발걸음을 옮기고 있다. 그 짐 꼭대기엔 말라깽이 요리사가 우두커니 앉아 있다.

짐을 실은 작은 배가 네바 강이나 폰탄카의 수면 위를 미끄러지듯 유영하며 초르나야 강이나 하구의 섬들이 있는 쪽으로 밀려 내려갔다. 그 행렬들은 내가 바라보고 있는 잠깐 동안에 열 배, 스무 배, 백 배로 늘어났다.

모든 것이 나를 떠나고 있었다. 온 도시 사람들이 대규모 여행단을 조직한 뒤, 앞 다투어 도망치고 있는 듯이 보였다. 페테르부르크의 온 시가가 금방 텅 빈 유령의 도시가 될 것만 같았다.

나는 묘한 부끄러움과 서글픔에 잠겼다. 내게는 그들처럼 후련하게 떠나갈 만한 별장이 없었다. 또 떠날 이유조차 없었다. 하지만 만일 어떤 짐마차에서 누군가 날 부르면 금방 쫓아갈 것만 같은 기분이었다.

그러나 내게 함께 가자고 손 내미는 사람은 아무도 없었다. 마치 나란 사람 따위는 안중에도 없는 것처럼……. 실로 그들에게 나란 존재는, 그들의 삶과는 전혀 관계없는 이방인이었다.

그런 생각이 밀려드니 도저히 가만히 앉아 있을 수가 없었다. 무작정 거리를 쏘다녔다. 아무 생각 없이 사람들이 떠나가는 거리를 헤집고 다녔던 것이다.

정신을 차려 보니 나는 교외의 어떤 성문 앞에 서 있었다. 문득 즐거운 기분이 들었다. 그래서 나는 길가에 둘러쳐진 울타리를 훌쩍 뛰어넘어, 갓 파종을 끝낸 밭이며 소 떼들이 어기적거리는 목장 길을 발길 닿는 대로 걸었다. 그동안 나를 지배했던 피로감은 온데간데없이 사라져 버렸다. 무엇인가 알지 못했던 무거운 짐이 가슴속에서 쑥 빠져 달아난 느낌이었다.

그러자 지나치는 마차에 탄 사람들이 상냥하게 나를 바라보는 것만 같았다. 그들은 단지 내게 인사를 하지 않을 뿐, 행복에 겨운 표정이었다. 그들은 모두가 예외 없이 잎담배를 물고 있었다.

나는 여태껏 한 번도 겪어 본 적이 없는 기쁨을 느꼈다. 얼떨결에 이탈리아에라도 온 것만 같은 기분이었다. 도시의 삭막함에 금

방이라도 질식할 것만 같던 나에게, 자연은 이처럼 열린 세계를 보여 주었던 것이다. 망치로 머리를 한 대 꽝 얻어맞은 것처럼…….

자연은 내게, 봄과 함께 하느님이 내려 주신 모든 힘들을 남김 없이 펼쳐 보여주고 있었다. 새싹이 움트고 푸르른 잎새를 펼치며 온갖 꽃송이로 그 몸을 아름답게 단장하고 있는 자연의 고결한 비밀.

말로 표현하기 어려울 정도로 내 가슴을 두드리는 대자연의 신비, 대자연은 내게 아스라이 처녀를 연상케 해 준다. 병약하여 금방 쓰러질 것만 같이 호리호리한 몸매의 처녀 말이다.

사람들은 때론 가엾은 눈길로, 때론 동정의 눈길로 그녀를 바라본다. 때로는 그녀를 전혀 느끼지도 못한다. 그러다가 그녀가 갑자기 상상도 못했던 아름다운 자태로 변신하면 넋을 잃고 마음 속에 이런 의구심을 갖게 된다.

'저 슬프고 꿈꾸는 듯한 눈동자에 매혹적인 눈빛을 불어넣은 것은 대체 무엇일까? 저 가냘픈 몸매에 무엇이 저토록 찬란한 정열을 가득 차게 한 것일까? 어떻게 해서 저 가엾은 처녀의 얼굴에 갑자기 생기가 돌고 생명력이 넘치며 아름다움과 미소가 별빛처럼 반짝이는 것일까?

그러나 이것은 순간에 지나지 않는다. 다음날이 되면 사람들은 그 처녀에게서 예전과 똑같은 창백한 얼굴과 가냘픔, 방심한 듯한 표정을 보게 될 것이다. 어쩌면 그 안에서 허무하게 불태워 버린 순간의 정열, 치명적인 고독과 분노의 흔적마저 느끼게 될지도 모른다.

그래서 사람들은 그토록 빨리, 순식간에 시들어 버리고, 사람의 마음을 살짝 스쳐 지나가고 만 것들, 허무한 것들에 대한 그리움에 휩싸이게 된다. 그 반짝이는 찰나에 마음을 주지 못했던 스스로에 대한 회한도 함께 말이다.

만 남

내가 시내로 돌아온 것은 이미 밤 열 시가 넘은 시간이었다. 나는 운하를 따라 걸었다. 늦은 밤이라 행인들은 한 사람도 눈에 띄지 않았다. 나는 콧노래를 흥얼거렸다. 그것은 자신이 행복할 때 곁에 그 행복을 나눌 사람이 없고, 기쁜 마음일 때 그 기쁨을 나눌 상대가 없는 인간이면 누구나 그렇듯이 입가를 작은 소리로 간질이는 그런 노래였다.

그렇듯 혼자만의 흥겨움에 취해 있던 나의 눈에, 운하 난간에 몸을 기대고 있는 한 여자의 실루엣이 포착되었다. 노란 모자에 검은 망토를 드리운 그녀는 캄캄한 운하의 물빛을 매우 진지하게 바라보고 있었다.

'저 여자는 틀림없이 브뤼네트살결이 희고 머리카락과 눈빛이 갈색인 여자일 거야.'

나는 두근거리는 가슴을 진정시키며 천천히 그녀의 곁을 지나

갔다. 하지만 그녀는 내 발자국 소리가 들리지 않는 듯 꼼짝도 하지 않았다.

'이상한데…… 뭔가 골똘히 생각해야 할 일이라도 있는 모양이군.'

나는 곧 발길을 멈추었다. 그녀의 숨죽인 울음소리가 내 귓전을 파고들었던 것이다. 그렇다. 여자는 울고 있었다. 잠깐 멎는 듯하더니 흐느낌은 다시 계속되었다.

나는 가슴이 죄어드는 것만 같았다. 나는 여자에 대해 겁이 많은 편이었지만, 어쨌든 다른 여지가 없는 것처럼 느껴졌다. 그녀에게 다가가 '아가씨' 하고 불러 주어야 하는 것이다. 왜냐하면 그녀는 울고 있었으니까.

하지만 불현듯 그 '아가씨' 란 호칭이 숱한 소설 속에서 이미 수천 번이나 써먹은 단어란 생각이 떠올랐다. 그래서 멈칫거리며 그녀를 부를 적당한 단어를 고르느라 헤맸다.

그녀는 문득 제정신으로 돌아왔는지 주위를 둘러보았다. 그러더니 슬그머니 내 곁을 스쳐 운하를 따라 난 길로 걸어가기 시작했다. 나는 그녀의 뒤를 쫓았다. 뒤따르는 나를 의식했는지 그녀는 운하 길을 빠져나가 한길을 가로지르더니 반대편 보도로 건너갔다.

그렇게 되자 나는 그녀를 계속 쫓을 용기가 나지 않았다. 내 가슴은 커다란 손아귀에 붙잡힌 작은 새처럼 파들파들 떨리고 있었다. 그런데 뜻밖의 우연이 나의 구세주가 되었다.

그녀의 뒤편에서 한 신사가 출현한 것이다. 그는 나이가 지긋하고 풍채가 당당했지만, 벽에 기대어 흐느적흐느적 걸어오고 있었다. 몹시 취한 듯한 몸짓이었다.

그녀는 밤중에 이상한 남자에게 붙잡혀 '집에까지 바래다 드리지요.' 하는 말을 듣게 될까봐 겁먹은 듯 재빠르게 걸음을 옮겼다. 그래서 비틀거리는 취객 따위는 도저히 그녀에게 접근조차 할 수 없을 것처럼 보였다.

그런데 갑자기 이 신사가 무서운 속도로 그녀의 뒤를 쫓아 달리기 시작했다. 여자가 깜짝 놀라 바람처럼 뛰어갔지만, 두 사람 사이의 거리는 금방 좁혀졌다. 그녀는 절망적으로 비명을 질렀다.

아아, 축복받은 나의 운명이여.

때마침 나는 긴 지팡이를 들고 있었던 것이다. 순식간에 나는 달려오는 그들의 맞은편에 섰다. 초대받지 않은 신사는 순간적으로 사태를 파악했다. 나의 강력한 무기를 본 것이다. 그는 얼른 걸음을 멈추더니 우물쭈물하며 뒤로 물러나 버렸다. 그리곤 어느 정도 거리가 멀어지고 나서야 알아들을 수 없는 욕설을 해댔다.

마침내 그 불행한 남자가 어둠 저편으로 사라졌을 때 나는 겁에 질려 떨고 있는 여자에게, 침착하게 신사다운 어조로 말했다.

"자, 제 손을 잡으세요. 그러면 아무도 당신을 귀찮게 하지 못할 겁니다."

그러자 그녀는 아무 말 없이 아직 흥분과 공포의 숨결이 멎지 않은 떨리는 손을 내게 내밀었다. 아아, 초대받지 못한 신사여. 그 순간 나는 얼마나 그에게 감사했는지 모른다.

사랑의 씨앗

나는 힐끔 그녀의 얼굴을 쳐다보았다. 아름다운 얼굴이었다. 내가 상상했던 대로 살결이 희고 머리와 눈동자가 갈색인 처녀였다. 새까만 그녀의 속눈썹에는 아직도 눈물방울이 반짝이고 있었다.

그것이 조금 전의 놀라운 사건 때문인지, 아니면 그전의 슬픔 때문인지 나로선 알 수 없는 노릇이었다. 하지만 이제 나를 향한 그녀의 입가에 미소가 어렸다. 그리곤 얼굴을 살짝 붉히며 눈을 내리까는 것이었다.

"그것 보세요. 아까 저를 거부하지 않았다면 이런 일이 생기지 않았을 거예요."

나는 떨리는 가슴을 진정시키며 말을 꺼냈다. 그러자 그녀는 머뭇거리면서 이렇게 말했다.

"하지만 저로서는 당신이 어떤 분인지 알 수 없잖아요. 당신도 역시 그런 사람일 거라고 생각했거든요."

"그럼 지금은 어떤가요?"

"조금은……. 그런데 왜 그렇게 떨고 있는 거죠?"

"네? 아, 정말 예리하시군요."

나는 말할 수 없는 기쁨에 들떠 이렇게 탄성을 질렀다. 이 미지의 처녀는 의외로 영리했던 것이다. 하지만 그것이 절대로 그녀의 아름다움을 깎아내리지는 않았다.

"당신은 한눈에 나를 알아보는군요. 나는 좀 내성적이거든요. 사실 좀 흥분하고 있답니다. 또 겁이 나기도 하구요. 지금이 꿈인지 생신지 잘 모르겠어요. 꿈속에서라도 여자와 이야기해 본 적이 없다면 믿으시겠습니까?"

"어머, 정말인가요? 설마……."

"정말입니다. 내 손이 떨리고 있나요? 그렇다면 그건 지금처럼 아름답고 자그마한 손에 한 번도 잡혀 본 적이 없었기 때문이랍니다. 그동안 나는 여자와는 인연이 없었어요. 친해 본 적은 더더군다나 없었습니다. 외톨이라서…… 지금 무슨 이야기를 해야 할지도 잘 모르겠습니다. 혹시 내가 바보 같은 말을 하진 않았나요?"

"아니에요. 오히려 그 반대인걸요. 여자들은 본래 좀 내성적인 남자를 좋아한답니다. 저 역시 그런 편이구요. 그러니까 집에 도착할 때까지는 당신을 절대로 거부하지 않을게요."

"그렇게 말씀해 주시니……."

나는 그녀의 말에 떨리는 가슴을 주체할 수가 없었다.

"아아, 저는 이제 곧 수줍음을 떨쳐 버릴 수 있을 것만 같습니다. 하지만…… 제 수법이 틀렸어요."

"수법이라고요? 그게 무슨 말이죠? 그런 건 별로 좋은 말이 아니에요."

"아아, 미안합니다. 더는 말하지 않겠습니다. 너무 당황해서 갑자기 튀어나온 말이랍니다. 하지만 지금 내게 희망을 갖지 말라고 하는……."

"희망이오? 저와 교제하고 싶다는 뜻인가요?"

"그렇습니다. 제발 언짢아하지 마세요. 생각을 해 보세요. 나는 스물여섯 살이나 먹었는데도 변변히 사람을 만나 본 적이 없답니다. 그러니 어떻게 말을 잘할 수 있겠습니까? 차라리 있는 그대로 마음을 털어놓는 편이 당신에게도 훨씬 좋을 겁니다. 나는 한 번 마음이 기울면 가만히 기다리지 못하는 성격이랍니다. ……아무튼 이건 거짓말이 아닙니다. 여자라곤 단 한 사람도, 정말 단 한 사람도 알지 못하고 교제해 본 적도 없습니다. ……하지만 꿈꾸고 그리워하긴 했었지요. 언젠가는 반드시 기회가 오리라는 것을……. 아아, 당신은 상상도 못하실 겁니다. 내가 꿈속에서 얼마나 많은 사랑을 했는지를……."

"그 상대는 누구였는데요?"

"상대랄 것도 없지요. 다만 내가 그리워하는 여자일 뿐이지요. 공상 속에서, 소설 속에서 멋대로 만들어 낸 주인공일 뿐입니다. 당신은 모르실 겁니다. 사실 나는 두서너 명의 여자를 만난 적은 있습니다. 하지만 그들은 모두 보통의 이웃집 아주머니들이었습니다. 그…… 그것보다 좀 재미있는 이야기를 해서 당신을 즐겁게 해 드리고 싶군요.

사실 나는 거리에서 상류 계급의 여자에게 말을 걸어 보려고 한 적이 있습니다. 물론 그녀가 혼자 있는 경우였지요. 나란 사람은 혼자서는 견딜 수 없는 타입이니 제발 외면하지 말아 달라고요. 사실 어떤 여자와도 친해지고 싶지만, 그럴 수단이 나에게는 없으니까요. 나와 같은 불행한 남자의 애원을 물리치지 않는 것은 여자로서의 의무이기도 하다고 말했지요.

제 말뜻은 단 한마디라도 마음이 담긴 대화를 나누고 싶다는 말입니다. 웃어도 좋고, 제게 희망을 주셔도 좋습니다. 다음에 다시 못 만나게 되더라도 말이지요. ……아아, 당신은 웃고 계시는군요.”

“화내지 마세요. 저는 당신이 자신을 너무 괴롭히는 것 같아서 웃는 거예요. 만약 당신이 실제로 그렇게 해 보았다면, 혹 성공했을지도 모르겠군요. 그처럼 꾸밈없이 말하면 효과가 있을 테니까요. 마음씨 고운 여자라면, 그녀가 바보가 아닌 이상 한 남자가 그토록 머뭇거리면서 애원하는데 무뚝뚝하게 쫓아버릴 생각은 하지 않을 거예요. 어머, 제가 지금 무슨 소리를 하고 있는 거죠? 물론 저였더라도 당신을 미치광이 취급했을 텐데요. 분명히 그랬을 거예요.”

“아아, 고맙습니다.”

나는 감격에 겨워 소리쳤다.

"지금 당신이 나를 위해 무슨 일을 하셨는지…… 아아, 당신은 정말 모르실 겁니다."

"이제 그만, 그만하지요. 한 가지만 대답해 주실 수 있나요? 어째서 당신은 제가 관심을 가지고 우정을 맺을 만한 사람이라고 생각했나요? 쉽게 말하면, 당신이 말하는 아주머니 같은 여자가 아니라고 단정하게 되었나 하는 거예요. 무슨 생각으로 제게 접근할 결심을 하게 된 건가요?"

"무슨 생각이냐구요? 당신은 혼자였고, 한밤중이었으며 그 사나이는 너무나도 뻔뻔스런 사람이었잖습니까? 생각해 보세요. 이건 오히려 남자의 의무랍니다."

"아니에요. 그렇지 않아요. 그 일이 있기 훨씬 전에, 그러니까 거리 저쪽에 있을 때 말이에요. 그때부터 당신은 제게 다가서려고 하지 않았나요?"

"거리 건너편에서…… 아아, 내가 어떻게 대답을 해야 할까요? 사실 나는 오늘 행복했습니다. 그래서 콧노래를 부르며 걷고 있었지요. 교외에 나갔다 오는 중이었습니다. 정말 행복한 기분이었지요. 그런데…… 미안합니다. 언짢더라도 용서해 주세요. 난 당신이 울고 있다고 생각했답니다. 그래서 나는…… 잠자코 울음소리를 듣고 있을 수만은 없다고 생각했어요. 제 가슴이 죄어드는 것만 같아서요. 내가 당신을 불쌍하다고 생각해서는 안 되나요? 이런 표현을 해서 미안합니다. 하지만 그런 나의 태도가 무의식중에 당신을 모욕한 것이 될까요?"

"그만두세요. 이젠 알겠어요. 더 이상 아무 말 하지 말아 주세요."

그녀는 눈을 내리깔고 내 손을 꼭 잡으면서 말했다.

"그런 말을 꺼낸 제가 나빴어요. 하지만 기뻐요. 당신에 대한 오해가 풀렸으니 말이에요. ……저희 집에 다 왔네요. 이 골목을 돌아 들어가야 해요. 그럼 안녕히……."

"설마…… 다시 못 만나게 되는 건 아니겠지요?"

그녀는 웃으며 말했다.

"그것 보세요. 맨 처음 당신은 한마디만이라고 했으면서……. 괜찮아요. 어쩌면 또 만날 수 있을지도……."

"나는 내일도 이곳에 오겠습니다. ……아아, 용서하십시오. 벌써 내가 우쭐대며 요구하고 있군요."

"그래요. 당신은 정말 조급하군요."

나는 순간 당황해서 어쩔 줄을 몰랐다.

"제발, 내 말을 들어 주세요. 나는 내일 밤 여기 오지 않을 수 없습니다. 나는 공상 속에 살고 있으니까요. 내 현실은 너무나도 빠듯해서…… 실제로 지금 이와 같은 순간이 있으리라곤 상상도 못했답니다. 그래서 이젠 당신에 관해서 일주일, 아니 일 년 동안은 밤새도록 꿈속에서 그리며 살게 될 게 분명합니다.

나는 내일 밤 여기 올 수밖에 없습니다. 그래서 오늘 일을 생각해 내곤 행복한 기분에 잠기겠지요. 이미 이 자리는 나에게 어떤 의미가 되었으니까요. 이 도시에는 그런 장소가 몇 군데 있습니다. 언젠가 나도 당신처럼 옛 일을 생각하고 눈시울을 적신 적이 있었습니다. ······어쩌면 당신도 불과 십 분 전에는 옛 일을 생각하고 울었는지도 모르지요. ······용서하십시오. 또 내가 우쭐해진 것 같군요. 당신이 이 장소에서 특별한 일을 겪었을지도 모르는 일인데요."

"좋아요. 저는 내일 밤 아홉 시쯤 여기에 나올 거예요."

그녀는 얼굴을 붉히며 말을 계속했다.

"어쩐지 당신을 말릴 수 없을 것 같네요. 하지만 제가 나온다는 건 당신과의 약속 때문이 아니라 일이 있기 때문이에요. 분명히 제 자신의 용건 때문에 이곳으로 나오는 거예요. 좀더 확실히 말씀드리면, 당신이 나오더라도 제 일에 무슨 지장이 있는 건 아니랍니다. 혹 오늘 밤처럼 불쾌한 일이 생길지도 모르니까요. 이건 농담이구요.

······한마디로 당신을 만나 보고 싶군요. 당신에게 말씀드릴 일이 있으니까요. ······혹 저를 나쁜 여자로 생각하시진 않겠지요? 가볍게, 그렇게 쉽게 저와 만날 약속을 했다고는 생각지 말아 주세요. 전 이런 약속은 하고 싶지 않았지만······ 이건 제 비밀로 해 두겠어요. 단지 미리 약속해 주셔야 할 일이 있는데······."

"약속이라고요? 말씀해 주세요. 모두 말씀하세요. 나는 어떤 약속이라도 하겠습니다. 어떤 일이라두요."

내가 흥분해서 말하자 그녀는 살짝 미소를 지었다.

"나는 스스로에 대해서 책임을 집니다. 당신이 원하는 대로 예의를 지키겠어요. 나를 믿어 주세요."

"저는 이제 당신을 잘 알게 되었어요. 하지만 저와 만나는 데한 가지 조건이 있어요. 제 말을 반드시 새겨들으셔야 해요. 보세요. 전 분명하게 말씀드리는 거예요. ……당신은 저를 사랑해선안 돼요. 이건 절대로 안 되는 거예요. 친구라면 언제나 좋아요. 사랑만은 절대로 안 된답니다. 이건 제 부탁이기도 해요."

"맹세합니다."

나는 그녀의 조그만 손을 꼭 쥐면서 소리쳤다.

"맹세 같은 건 하지 않아도 괜찮아요. 저는 당신이 화약처럼 폭발하기 쉬운 사람이라는 걸 알게 되었어요. 제 말을 기분 나쁘게 생각지는 마세요. 짐작하셨을지 모르지만…… 저 역시 이야기를 나눌 상대가 한 사람도 없답니다. 물론 그 상대를 거리에서 찾는건 아니지만요. 당신만은 예외예요. 벌써 이십 년쯤 사귄 것처럼 당신을 알게 되었으니까요. 그러니 배신할 생각은 하지 마세요. 그럼 안녕히 가세요. 가서 푹 주무세요. 제 믿음을 잊지 마시구요. 조금 전 마음에서 우러나온 말씀은 참 좋았어요. 그래요. 그 마음의 소리 때문에 제겐 믿음이 생겨났답니다."

"부탁입니다. 뭘 믿을 수 있다는 거죠?"

"그 대답은 내일로 미뤄 두겠어요. 아직까지는 비밀로 해 두기로 해요. 그편이 당신에게도 좋을 거예요. 좀 미적지근하지만, 소설 같은 궁금증으로 남겨 놓는 게 좋을 것 같아요. 어쩌면 당신께 이야기할 수도 안 할 수도 있겠지요. 아무튼 당신과 많은 이야기를 나누고 싶어요. 좀더 친해질 수 있도록 말이에요."

"아아, 당장 나에 대해서 모든 걸 털어놓고 싶은 기분입니다. 대체 지금 내게 무슨 일이 생긴 거죠? 말씀을 좀 해 주세요. 혹 당신도 다른 여자들처럼 나를 물리치지 않은 걸 후회하는 건 아니겠지요? 이삼 분 만에 당신은 나를 세상에서 제일 행복한 사나이로 만들어 버렸습니다. 그래요. 행복한 사나이로 말입니다. 어쩌면 당신은 나를 나의 내면과 화해시켜서 스스로가 품었던 의문을 해결해 주셨는지도 모르겠군요. 아니라면, 이제 그런 시기가 온 건지도 모르지요. ……아무튼 내일 이야기를 나누지요. 그러면 모든 것을 알게 되겠지요. 그야말로 모든 것을……."

"좋아요. 내일 만나요."

"그럼 안녕히……."

"안녕히……."

이렇게 해서 하얀 밤, 우리는 헤어졌다. 나는 밤이 새도록 거리를 쏘다녔다. 행복에 겨워 집으로 돌아갈 마음이 생겨나질 않았다. 그만큼 나는 행복했던 것이다. 이제 모든 것은 내일의 기다림 속에만 있었다.

우리들의 시간

"그것 보세요. 아무 일 없이 이렇게 살아 계시잖아요."

그녀는 반갑다는 듯 나의 손을 꼭 부여잡았다. 나는 뛰는 가슴을 애써 진정시키고 그녀의 아름다운 눈을 바라보며 말했다.

"여기서 벌써 두 시간이나 기다렸습니다. 꼬박 하루 동안 내가 어떻게 지냈는지 당신은 도저히 알 수 없을 겁니다."

"알겠어요. 하지만 그보다 우리 이야기를 해요. 제가 왜 여기 나왔는지 당신은 잘 아시잖아요. 어젯밤처럼 부질없는 이야기를 하려는 게 아니에요. 그런데…… 이제부터 우린 좀더 현명하게 처신해야겠어요."

"나는 언제라도 준비가 되어 있습니다. 정말이지 지금처럼 현명하게 처신하고 있는 적도 드물 겁니다. 근데 뭘 더 현명해야 한다는 거죠?"

"정말이세요? 그럼 부탁이니까 제 손을 그렇게 꼭 잡지 마세요.

……당신에 대해서 참 많은 생각을 했어요."

"그래, 무슨 결론이라도 있었나요?"

"결론이오? 그건 말이죠. 처음부터 다시 시작해야겠다는 거였어요. 그동안 당신은 제가 전혀 모르는 사람이었잖아요? 그리고…… 어젯밤의 제 행동이 철부지 같았다는 걸 깨달았기 때문이에요. 모두가 제 탓이었어요. 하지만 그걸 바로잡기 위해선 제가 당신을 알지 않으면 안 된다는 거죠. 당신에 관해서 따로 물어볼 사람도 없으니까 당신이 말씀해 주시면 좋겠어요. 당신은 도대체 어떤 사람인가요? 당신의 이야기를 듣고 싶어요."

"내 이야기라고요?"

나는 깜짝 놀라 소리쳤다.

"내 이야기라뇨? 대체 왜 그런 생각을 하게 된 거죠? 내게는 아무런 이야깃거리가 없어요."

"그럼 어떻게 살아오셨나요? 당신에게 과거가 전혀 없다면 말이 안 되잖아요?"

"그런 건 없습니다. 전 외톨이였어요. 혼자서 쓸쓸하게 살아온 것밖에는 아무것도 없단 말이에요. 아시겠어요? 전 혼자였단 말입니다."

"그렇지만 어째서 혼자죠? 그럼 여태까지 아무도 만난 적이 없다는 말인가요?"

"아뇨, 아뇨. 그렇지는 않아요. 하지만…… 아무튼 나는 혼자였어요."

"그럼 당신은 누구하고도 사귄 적이 없나요?"

"엄밀하게 따진다면 그렇다고 볼 수 있습니다."

"그렇다면 당신은 대체 어떤 사람이죠? 설명을 좀 해 주세요. 아니, 아니 잠시만 기다리세요. 어쩌면 알 수 있을 것 같아요. 당신에겐 할머니가 계신가요? 저처럼 말이에요. 우리 할머니는 장님이에요. 그분은 저를 절대로 밖에 내보내지 않아서 남들과 이야기하는 걸 잊어버릴 정도였어요.

2년쯤 전에 제가 지나친 장난을 많이 했기 때문에, 할머니는 절어쩔 수 없는 아이라고 생각하셨던 모양이에요. 어느 날 저를 부르시더니 제 옷을 할머니 옷에 핀으로 꿰어 놓았어요. 그후로 할머니와 저는 매일 아침부터 밤까지 앉은 채로 함께 생활했어요. 할머니는 앞이 보이지 않았지만 양말을 뜨고, 저는 그 곁에 앉아서 바느질을 하든가 책을 읽어 드리든가 했지요. 정말 이상한 일이죠? 2년 동안이나 핀으로 꿰어져 있었다니 말이에요."

"아아, 어떻게 그런 일이…… 하지만 아닙니다. 내겐 그런 할머니가 계시지 않습니다."

"그러면 어떻게 집 안에만 있을 수 있단 말인가요?"

"아아, 당신은 정말 내가 어떤 사람인지 알고 싶은 겁니까?"

"예, 그래요."

"진실로 말입니까?"

"더없이 진실한 마음으로요."

"그렇다면 혹시 공상가에 대해서 들어 본 적이 있나요?"

"공상가라고요? 어머나, 너무하시는군요. 저도 공상가인 걸요. 할머니 곁에 앉아 있으면 온갖 공상이 머리를 스쳐가곤 해요. 일단 공상이 시작되면 거기에 완전히 빠져 버리곤 했지요. 그대로 중국의 왕자님에게 시집이라도 가는 기분이 들기도 했구요. …… 공상한다는 건 좋은 일이에요. 하지만 진짜로 그런지는 잘 모르겠어요. 다른 무언가를 생각해야 할 경우에도 그런지 말이에요."

그녀는 진지한 어조로 대답했다. 그래서 나는 심각하게 되물었다.

"멋지지 않나요? 당신이 공상 속에서 중국의 왕자에게 시집간 일이 있다면, 내 기분을 이해할 수 있을 거라는 생각이 드는군요. ……그런데 아직 당신의 이름을 묻지 않았군요."

"어머, 그렇군요. 무척 빨리 생각이 났네요?"

"죄송합니다. 너무 기분이 좋았나 봐요. 이름에 대한 생각은 전혀 떠오르지 않았어요."

"제 이름은…… 나스첸카예요."

"나스첸카! 그뿐입니까?"

"그뿐이라뇨? 그걸로 부족한가요? 어쩜 당신은 욕심이 많으시군요."

"아뇨, 아뇨. 충분합니다. 그렇고말고요. 나스첸카, 당신이 나를 위해 처음부터 나스첸카가 되어 주신 걸 보면, 당신의 마음이 참으로 곱다는 걸 알겠어요."

"그것 보세요."

"그래서 말인데요. 나스첸카, 당신에게 만큼은 내 이야기를 들려줄 수 있을 것 같군요. 내 이야기를 말입니다."

그렇게 해서 나는 그녀의 곁에 앉아 진지하게 나의 이야기를 들려주기 시작했다.

나의 이야기

"나스첸카, 이 도시에는 괴상한 외딴 장소가 있답니다. 그곳에 얼굴을 들이미는 태양은 다른 도시를 비추는 것과는 달리 매우 새롭고 독특한 빛깔을 내쏘곤 합니다.

그런 곳에서는 말이죠, 나스첸카. 우리들이 보통 살고 있는 삶과는 전혀 다른 세계가 있답니다. 그것은 현실처럼 복잡한 것이 아니라 어딘가 아득하고 불가사의한 나라에만 있을 수 있는 신비스런 것들이죠. 그 생활은 환상적이지만, 실은 평범한 것을 이리저리 뒤섞어 놓은 듯한 것입니다."

"어떻게 그럴 수 있지요? 서두가 긴 것을 보니 아주 무서운 이야기일 것만 같네요."

"나스첸카, 그런 외딴 곳에는…… 그러니까 기묘한 사람들, 즉 공상가들이 살고 있습니다. 공상가들이란 인간이 아닙니다. 그들은 일종의 중성적인 존재라서 사람들이 가까이하기 힘든 구석에

들러붙어 있습니다. 한 번 틀어박히기만 하면, 달팽이처럼 그곳을 자기 집으로 삼는 것이지요. 달팽이가 아니라면 아마 거북이와 비슷할 겁니다.

당신은 어떻게 생각하나요? 어째서 그들은 주위의 벽이 반드시 초록으로 칠해져야 하고, 보기에도 무참하게 담배연기로 그을려야만 좋아할까요? 그 우스꽝스런 신사는 많지도 않은 사람들 중에 어쩌다 아는 친구가 찾아오면, 당황해서 안색이 변하고 이성조차 잃어버리곤 하지요.

그는 자신만의 기묘한 공간에서 흉악한 범죄, 아니면 위조지폐라도 찍어 내고 있었던 것일까요? 아니면 이미 죽어 버린 시인 친구의 유작을 정리하고 있기나 했던 것일까요?

나스첸카, 그는 왜 자신을 찾아온 사람과 정겹게 대화를 나눌 수 없는 걸까요?

그 친구는 오랜만에 찾아와 주인과 함께, 빈둥거리는 자기 마을 아낙네 이야기며 술 마시는 이야기 등 여러 가지 유쾌한 화제를 꺼내 웃음을 나눌 수도 있을 텐데, 대체 왜 주인의 얼굴을 바라보며 우물쭈물하는 걸까요?

주인은 주인대로 왜 자신을 찾은 이 손님에게 사교계의 이야기나 하다못해 여자 이야기 하나 꺼내지 못하고 갈팡질팡하며 답답한 시간을 보내게 되는 걸까요?

이렇게 되면 손님은 결국 모자를 움켜쥐고, 있지도 않은 약속을 핑계 대며 자리에서 일어날 겁니다. 그는 주인의 어설픈 만류를 어색한 표정으로 뿌리치고 떠나가겠지요. 그러면서 손님은 내심 다시는 이런 괴짜를 찾아가지 않겠다고 맹세할 겁니다.

그런데 이 괴짜는 알고 보면 참으로 멋진 사람이에요. 변덕스럽게 공상만 하고 있다는 점이 약간의 흠이지만 말입니다. 이를테면 찾아온 손님과 마주하면서 내내 자신을 가련한 새끼고양이와 비교한다거나 하는 따위 말입니다.

그 새끼고양이는 불의의 습격을 받아 포로가 된 끝에 아이들에게 형편없이 망가져, 마지막에는 진저리를 칠 지경이 되고 맙니다. 그리고 마침내 아이들의 손에서 간신히 탈출하게 된 고양이는 얼른 의자 밑의 으슥한 곳으로 재빨리 기어 들어가 털을 곤두세우며 야옹거립니다. 그리곤 학대받은 콧등을 두 발로 문질러 대겠지요. 그러고도 분이 풀리지 않는다면, 오랫동안 세상을 원망스러운 눈으로 보겠지요. 그러다 보면 가련한 새끼고양이는 아이들의 부모인 주인이 먹다 남긴 음식까지도 적의에 찬 눈초리로 바라보게 되는 겁니다."

"이것 보세요."

나스첸카는 어안이 벙벙한 듯 내 이야기를 듣고 있다가 갑자기 말을 막았다.

"왜 그런 이상야릇한 말을 하는지 도무지 알 수가 없군요. 제가 알 수 있는 건 오로지, 그건 당신이 실제로 겪은 이야기라는 거예요. 그렇지 않나요?"

"물론입니다."

"그럼 이야기를 계속해 보세요. 전 그 이야기의 의도가 뭔지 알고 싶어요."

"나스첸카, 당신은 우리의 주인공, 아니 나라고 말하는 편이 낫겠군요. 사건의 주인공은 바로 나이니까요. 내가 그 한쪽 구석에서 무엇을 했는지 알고 싶다는 거죠?"

"그래요. 바로 그 말이에요."

나스첸카는 정곡을 찔렀다는 표정으로 말을 이었다.

"그 점이 문제란 말이에요. 네, 그래요. 당신의 이야기는 참 훌륭해요. 하지만 그렇게 복잡하게 말고, 쉽게 해 주실 수는 없나요? 당신의 이야기는 어려운 책을 읽는 것 같아서요."

"나스첸카, 내 말이 어려운 건 사실입니다. 하지만 나는 그럴 수밖에 다른 방법이 없군요. 왜냐구요? 저는 지금 일곱 개의 봉인 때문에 천 년 동안이나 궤짝 속에 갇혀 있다가, 간신히 그 봉인을 뜯고 나온 솔로몬 왕의 영혼이라도 된 기분입니다.

나스첸카, 우리는 그토록 오랜 세월을 헤어졌다가 만난 두 영혼이에요. 그러니까 나는 천 년 전에도 이미 당신을 알고 있었던 것만 같은 심정이랍니다. 나스첸카, 어쨌든 나는 오랫동안 누군가를 찾아 헤맸습니다. 이것이야말로 내가 분명하게 당신을 찾고 있었다는 증거입니다. 우리가 지금 이 자리에서 만나도록 되어 있었다는 증거 말입니다.

그래서 지금 내 머릿속에 있는 수천 개의 뚜껑이 한꺼번에 열린 거지요. 그러니 그 안에 들어 있던 말들이 강물처럼 흘러나오지 않을 수 없습니다. 그렇지 않다면 내 머리는 제방이 무너지듯 터져 버리고 말 겁니다. 그렇습니다. 나스첸카, 제발 내 말을 막지 말아 주세요. 제발 내 말을 들어만 주십시오."

"네, 좋아요. 좋아요. 절대로! 다신 한마디도 꺼내지 않을게요."

"나스첸카, 그는 밤을 사랑합니다. 하루의 일과를 끝내고 남아 있는 자유로운 시간, 무언가를 생각하며 보내는 그 시간들을 너무나 사랑합니다. 그때가 되면 그는 사람들의 뒤켠에 서서 어슬렁거리며 걸어갑니다. 피로한 기색이지만, 만족스런 미소를 아스라이 지으면서 말이지요.

그는 가끔 차가운 이 도시의 하늘, 천천히 스러져 가는 저녁놀을 무의식적으로 바라봅니다. 왜냐하면 자신의 짜증스런 일과가 내일이면 안녕을 고하기 때문입니다. 스스로의 기쁨 속에 흠뻑 빠져 있기 때문이지요. 그 모습을 한번 상상해 보세요. 나스첸카. 그 기쁨의 감정은 벌써 그의 연약한 가슴에, 병적인 상상력에 생명의 물줄기를 뿌려 대고 있답니다.

대체 무슨 일일까요? 그는 벌써 깊은 생각에 잠겨 있는 것처럼 보입니다. 곁을 스쳐 지나가는 우아한 귀부인 때문일까요? 멀리서 파이프를 물고 제 멋을 뽐내는 신사 때문일까요? 아닙니다. 그것은 정말 하찮은 풍경에 불과합니다.

그는 이제 자신의 삶을, 그만의 특별한 삶을 찾았기 때문이랍니다. 나스첸카, 그의 앞에는 공상의 여신이 금빛 실로 여태껏 본 적도, 들은 적도 없는 아름다운 주단을 짜고 있습니다. 그 주단은 아름다운 제7천국의 수정궁까지 이어져 있습니다.

시험 삼아 그를 불러 뭔가를 물어볼까요? 당신은 지금 어디 있습니까? 당신은 도대체 어떤 길을 걸어왔습니까? 틀림없이 그는 아무것도 생각해 내지 못하고 얼굴을 붉히고 말 겁니다. 누가 길을 알려 달라고 한다면 화를 낼지도 모릅니다.

그는 다만 얼굴을 찡그린 채 앞으로만 계속 전진할 겁니다. 지나가는 사람들이 그를 보고 미소 지어도 그는 알아차리지 못합니다. 귀여운 계집애가 그의 묘한 표정에 놀라 뒤로 물러선다고 해서 그가 의식할 리 만무하지요.

하지만 그의 공상은 그런 무의식 속에서 모든 것을 보고 있습니다. 그에게 길을 묻는 사람이나 계집애나 폰탄카를 가득 메우고 있는 거룻배에서 식사를 하고 있는 농부들에 이르기까지, 죄다 한 날개에 태우곤 제 멋대로 그림을 그리고 있는 것입니다.

그것만이 이 괴짜가 그날 건진 수확입니다. 그렇게 꿈결처럼 그는 자신의 집에 돌아와 식사를 합니다. 그러다가 하녀 마트료나가 테이블을 깨끗이 치우고 파이프를 꺼내 주면, 그제야 불현듯 제정신으로 돌아오게 되는 겁니다.

정신을 차려 보니 이미 식사조차 끝나 있음을 깨닫고, 그는 내심 놀랍니다. 그리고 여태까지의 과정들을 아무리 머리를 쥐어짜며 되새기려 해도 전혀 떠오르질 않습니다.

방 안은 이미 어둡습니다. 그의 가슴에는 남모를 허전함과 서글픔이 자리 잡습니다. 공상의 왕국이 허물어져 버린 것입니다. 아무런 소리도 없이, 아무런 흔적도 없이. 아아, 여태까지 내가 무엇을 꿈꾸었던가? 그는 비탄에 빠져 버립니다.

하지만 공상의 왕국이 멸망한 것은 아니었습니다. 뭔가 새로운 소망이 그의 마음을 사로잡기 시작하면, 방 안 가득한 고독과 정적이 한껏 게으름을 피우며 폐허가 된 공상의 왕국을 다시 짓기 위해 벽돌을 나르기 시작하니까요.

하녀 마트료나가 부엌에서 커피 물을 끓이기 시작하면, 그 불길처럼 공상의 불길도 타오르기 시작합니다. 공상은 피어나는 불꽃을 이어받은 물처럼 부글부글 끓어오르고, 잘 익은 빵처럼 가다듬어집니다. 그리하여 금방 또 다른 공상의 세계, 그 새롭고 매혹적인 생활이 환하게 열립니다.

아아, 새로운 행복, 그것은 섬세하고 황
홀한 독약입니다. 대체 그에게 현실이 무
엇이랍니까? 공상의 포로가 된 그의 눈에
말입니다.

나스첸카, 사실 당신이나 나의 생활이란 게으르고 활기가 없습
니다. 그의 눈으로 본다면, 우리들은 모두 자신들의 운명에 불만
이 가득합니다. 당장 현실을 보십시오. 지금 우리들의 공간에는
남이 보기에 화가 난 것처럼 침울한 표정이 떠다니고 있지 않습
니까?

현실은 너무나 불쌍한 사람들로 가득 차 있다는 공상가의 생각
이 이상한 것일까요? 아닙니다. 그의 눈앞에 펼쳐진 생생한 화면,
마음 내키는 대로 끝없이 광활하게 펼쳐져 있는 이 마력적인 환상
을 보십시오. 그 전경의 가운데에는 바로 그 자신, 귀중한 인격을
갖춘 우리들의 공상가가 있습니다. 이 얼마나 변화무쌍한 모험이
며 환희에 넘친 공상입니까?

당신은 대체 뭘 공상하느냐고 물을지도 모릅니다. 하지만 그게
무슨 소용이겠습니까? 이 세상 모든 것, 이 세상 밖의 모든 것을
떠올리는 것인데요.

불행한 시인이 계관시인이 되고, 성 바톨로뮤의 밤, 디아나 베
르논, 이반 바실리예비치 뇌제의 카잔 점령 때의 영웅적인 역할,
가극 〈로베르트〉 중의 죽은 자들의 폭동 — 그 음악을 기억하세
요? 정말로 퀴퀴한 무덤 냄새가 나지 않습니까? 베료지나 강의 전

투, 절세미녀 클레오파트라와 그 연인 콜로므나의 조그만 집.

　겨울 밤 자기 방의 한구석, 그의 곁에는 아름다운 소녀가 조그마한 입을 벌린 채 눈을 빛내며 이야기를 듣고 있습니다. 마치 지금 당신이 나의 이야기를 듣고 있듯이……."

아름다운 꿈

"나스첸카, 이 정열적인 게으름뱅이에게는 당신이나 내가 그토록 동경하는 생활이 빈약하고 참담한 삶으로 여겨집니다.

언젠가는 그에게도 반드시 슬픔의 순간이 옵니다. 비참한 생활 중의 단 하루를 위해 자신의 환상적인 세월을, 더욱이 기쁨도 행복도 아닌 그 무엇인가에 내던지게 되리라고는 그 자신도 상상하지 못했을 것입니다.

이 돌이킬 수 없는 선택의 순간, 그러나 그 순간은 오지 않았습니다. 왜냐하면 그는 아직 희망을 초월하고 있기 때문입니다. 현재 그는 모든 것을 갖추고 있으며 모든 것이 충족되어 있는 까닭이지요.

그는 생활의 예술가이며, 언제나 자신의 소망대로 삶을 창조해 나갑니다. 아무튼 옛날이야기 같은 공상의 세계는 아주 자연스럽게 떠오르니까요. 마치 그것이 신기루가 아니라 손에 잡히듯 진실로 존재하고 있다고 믿는 것입니다.

왜 그런 순간에는 숨이 막혀 오는지요? 뭔가 마법에 걸린 것처럼 맥박이 빨라지고, 공상가의 눈에서는 눈물이 나오는지요? 파리했던 뺨이 불타오르고 주체할 수 없는 열정과 기쁨으로 차 오르는 것은 무슨 까닭이지요?

잠들지 못한 기나긴 밤은 이같은 희열 속에 화살처럼 지나가 버립니다. 장밋빛 새벽놀이 창문에 번지고 아침 햇살이 음침한 방 안을 비추기 시작할 때면, 몸도 마음도 피곤에 흠뻑 젖은 우리 공상가는 간신히 침대에 몸을 던집니다. 너무나도 강한 정신적 충격에 숨이 막혀 곧 기절이라도 할 듯, 그 감미로운 아픔을 안은 채 잠이 드는 것입니다.

아아, 나스첸카. 정말로 거기까지 이르면 그것이 현실이 됩니다. 걷잡을 수 없는 환상 중에는, 손으로 만질 수 있고 생명이 통하는 존재가 있다고 믿게 됩니다. 그럴 때는 주변 사람들도 그만 속아 넘어가서 그의 마음을 휘젓고 있는 것이 현실의 참다운 정열이라고 생각하게 된답니다.

얼마나 터무니없는 착각입니까? 예를 들면 그지없는 기쁨과 고통이 동반된 사랑의 불꽃이 그의 가슴을 지진다고 한다면…… 사람들은 그의 모습을 힐끗 훔쳐보기만 해도 그렇겠거니 하고 단정하지 않겠습니까?

나스첸카, 정열적인 공상 속에서 그토록 사랑했던 여자를 현실에서 한 번도 마주쳐 본 적이 없다는 것을 과연 믿을 수 있을까요? 그는 그 여자를 단지 환상 속에서만 본 것일까요? 그 빛나는 정열도 단지 공상의 결과가 아닐까요?

실제로 그 둘은 이미 몇 년 전부터 손을 맞잡고 같은 인생길을 걸어온 건 아닐까요? 그들은 세상과는 관계없이 각자 멀리서 자신만의 세계를 지키면서 말이지요.

밤이 깊어 헤어져야 할 시각이 다가왔을 때, 서로의 품에 안겨 폭풍우도 아랑곳하지 않고 속눈썹에서 눈물방울이 흩날리는 것도 깨닫지 못한 채 설움의 격정 속에 잠겨 있던 것은 과연 그녀가 아닐까요? 이런 모습을 한낱 꿈이라고 외면해 버릴 수 있을까요?

오랜 선조 때부터 내려왔던 옛 집의 쓸쓸하고 황량한 정원과 이끼 낀 음침한 오솔길에서, 오랫동안 안타까운 애모의 정을 숨기고만 있었던 두 사람, 둘은 얼마나 괴롭고 두려우며 순결한 사랑을 해 왔던가요?

나스첸카, 세상 사람들은 얼마나 심술궂은지 모르겠습니다. 하지만 어떤 장애물도 이 둘의 만남을 방해할 순 없는 겁니다. 그리하여 두 사람은 태양이 작열하는 로마의 휘황한 궁전에서 벌어진 가면무도회에서 만납니다.

그녀는 그를 보자마자 가면을 벗어 던지곤 '저는 자유로운 몸이에요.' 하면서 그의 품속에 몸을 던집니다. 부둥켜안은 두 연인에게는 이제 슬픔도 이별도 괴로움도, 옛 집의 음침한 오솔길이나 황량한 정원도 있을 수 없습니다. 아아, 그들의 열정적인 키스를 상상해 보세요.

　나스첸카, 그때 초대받지 않은 친구가 문을 열고 들어옵니다. 우리들은 금세 이웃집에서 훔쳐 온 사과를 주머니 속에 쑤셔 넣는 초등학생처럼 당황해서 어쩔 줄 몰라 합니다. 아아, 이게 대체 무슨 꼴입니까? 행복이 비로소 나를 찾아왔는데, 웬 방해꾼이란 말입니까?'

　나는 비장한 표정을 지으며 말을 맺었다.

각성의 시간

나스첸카는 그 까만 속눈썹을 깜박이며 조용히 나의 이야기를 들어 주었다. 잠시 고요한 침묵이 우리 둘 사이를 어루만져 주었다. 문득 그녀가 고개를 들면서 내 손을 잡았다.

"정말로 당신의 삶은 그랬었나요?"

"네. 지금까지 계속 그렇게 살아왔습니다, 나스첸카. 지금까지…… 앞으로도 그럴 것만 같군요."

"안 돼요. 그래서는 안 돼요."

그녀는 불안한 기색으로 나를 바라보았다.

"그래서는 정말 안 돼요. 그렇다면 저도 할머니 곁에서 평생 살게 될 것만 같아요. 그렇게 사는 것이 좋은 게 아니라는 생각을 해본 적은 없나요?"

"알고 있습니다, 나스첸카. 저도 잘 알고 있습니다."

그 말에 나는 치오르는 감정을 억제하지 못하고 큰 소리로 대

답했다.

"이제 그 어느 때보다도 더 확실히 알았습니다. 그래서 하느님이 당신을 내게 보내 주신 것이겠지요. 나에게 그 말을 전해 주기 위해, 그 말을 설명하고 이해시키기 위해 당신과 같이 상냥한 천사를 보내 주신 것이에요. 이렇게 당신과 이야기하고 있으니 갑자기 다가올 미래가 두려워집니다.

왜냐구요? 미래는 또다시 곰팡내 나는 고독의 연속일 테니까요. 하지만 이렇게 당신 곁에 있으면 행복하답니다. 새삼스럽게 공상에 빠질 일도 없겠지요. 오오, 당신께 하느님의 은총이 함께하기를…….

당신은 참 상냥하시군요. 나를 물리치지 않았으니까요. 이제 나는 여태까지의 생애에서 보람 있는 시간은 오로지 당신과 함께한 이틀뿐이라는 걸 자신할 수 있습니다."

"아, 아니에요. 그렇지 않아요."

나스첸카는 내 말에 당황한 듯 힘없이 고개를 흔들었다.

"아닙니다. 다시는 그런 일이 없을 겁니다. 이제 우리 두 사람의 삶은 각자가 스스로 생각했던 것처럼 나쁘지 않다는 말입니다. 나스첸카, 이제 나는 나의 삶을 기대하게 되었습니다. 나는 걸핏하면 우울해지곤 했답니다. 내가 참다운 생활을 영위해 갈 수 있을까 의심이 들 때면 언제나 그랬죠. 그럴 때면 살아가는 요령도, 감각도 다 잃어버렸다는 생각에 자신을 저주하는 것이 고작이었습니다.

그런데 며칠이 지나면 각성의 시간이 다가옵니다. 그처럼 무서운 비수는 또 없을 겁니다. 내 주위에는, 세상이란 범접할 수 없는 집단이 빙빙 돌아가고 있습니다. 그들의 단조로운 생활, 저속한 꿈과 환상, 그런데 그런 것들을 소중하게 여기는 사람들의 마음을 이겨 낼 수 없다는 절망감이 고개를 쳐듭니다. 아아, 나는 어찌하면 좋겠습니까?

이렇게 되면 공상하기에도 지쳐, 마침내 산산이 부서져 녹아 버릴 정도입니다. 그 폐허의 파편 속에서 그래도 일어서기 위해 공상가는 잿더미를 뒤집니다. 거기서 조그마한 불씨라도 찾아내어 스스로를 위로해야 하니까요. 그것은 뭘까요? 예전의 그리움, 감동, 정열, 애모, 속임수 등등.

나스첸카, 지금의 나는 이 도시의 어두운 뒷골목을 헤매고 다닙니다. 일찍이 내가 행복했었던 장소와 시간들, 그 편린을 쫓아 다니는 거지요. 과거에 좋았던 일이 있었겠습니까? 하지만 지금보다는 훨씬 편안하고 차분했었다고 생각됩니다. 나를 괴롭히는 어두운 상념이나 마음의 가책이 그때는 없었으니까요. 나는 쓸쓸한 기분으로 스스로에게 묻고 또 묻습니다.

'대체 내 꿈은 어디로 가 버렸을까?'

'세월은 참으로 빠르구나.'

'네 세월을 어디에 매장해 놓았는가?'

'조심해라. 세상은 점점 더 차가워지고 그 뒤에는 우수가 찾아오니까. 지팡이를 짚어야 할 늙음이 다가온다. 그리곤 초라한 모

습의 낙심만이 남게 된다. 네 환상의 세계는 점점 엷어지고 공상은 가랑잎처럼 흩어진다.'

아아, 나스첸카. 나는 외톨이가 됩니다. 그야말로 완벽한 외톨이가 되어 동정의 눈길조차 받지 못하는……. 아무것도 가진 게 없다는 것은 슬픈 일입니다. 모든 게 스쳐가는 꿈에 지나지 않았다는 말입니다."

나스첸카는 내 말에 눈물을 글썽이면서 말했다.

"이보세요. 제발 저를 울리지 마세요. 이것으로 이야기는 끝난 거예요. 우리는 이제 언제나 함께 있고, 어떤 일이 생기더라도 헤어질 수 없게 되어 버렸어요.

들어 보세요. 저는 배운 것이 별로 없지만, 당신의 이야기쯤은 다 이해할 수 있어요. 지금 당신의 이야기는 제 삶과 마찬가지랍니다. 할머니가 제 옷을 핀으로 꽂아 묶어 놓았을 때 저도 분명히 겪은 일이거든요. 물론 제가 당신처럼 이렇게 말을 잘할 수는 없겠지만요."

그녀는 나의 애절한 말투와 격정적인 모습에 감동한 것 같았다.

"당신이 스스로의 삶을 전부 이야기해 주셔서 정말 기뻐요. 이제 저는 당신의 모든 것을 알고 있는 것만 같아요. 이젠 제 이야기를 들어 주시겠어요? 저도 숨김없이 이야기하고 싶어요. 하지만 다 듣고 웃지는 마세요. 단지 좋은 충고를 부탁하겠어요."

"아아, 나스첸카, 만약 우리 두 사람이 언제까지나 이렇게 살아간다면 그것은 참으로 현명한 일입니다. 그렇다면 저도 현명한 충고를 해 드릴 수 있을 겁니다. 그래요. 솔직하게 말씀해 주세요. 저는 지금 너무나도 행복한 기분이니까요."

"아뇨, 아니에요."

나스첸카는 웃음을 던지며 내 말을 가로막았다.

"현명한 충고뿐만이 아니에요. 제겐 오히려 형제같이 따스한 당신의 진심이 필요해요. 지금까지 줄곧 저를 사랑했던 마음처럼요."

"좋습니다, 좋아요, 나스첸카. 내가 20년 동안 당신을 사랑했다고 하더라도 지금보다 더 많이, 더 깊이 사랑할 수는 없을 겁니다."

"그래요. 우리 악수해요. 이젠 제 이야기를 들려 드릴게요."

나스첸카의 이야기

"제가 할머니께 온 것은 아주 어렸을 때예요. 부모님이 일찍 돌아가셨기 때문이지요. 그 당시 할머니는 꽤 부자였던 것 같아요. 제게 프랑스어를 가르쳐 주시기도 하고, 가정교사까지 두었으니까요. 하지만 제가 열다섯 살이 되었을 때 공부는 끝나고 말았어요. 제가 장난이 심했던 때가 마침 그 무렵이었는데, 그 장난이 어떤 것이었는지는 말하지 않겠어요. 별로 대수롭지 않은 일이었으니까요.

그런데 어느 날 아침, 할머니는 저를 불러서는 당신께서는 앞이 안 보이니까 나를 도저히 돌볼 수 없다면서 옷핀으로 제가 입은 옷과 할머니의 옷을 함께 꿰어 버리셨어요. 그리고 제가 착한 아이가 되지 않는 한, 평생 이렇게 살아야 한다고 선고하셨지요. 그때부터 감히 할머니 곁을 떠날 생각도 못하고, 일을 하든 책을 읽든 언제나 그분 곁에만 붙어 있어야 했어요.

하지만 언젠가는 귀머거리인 우리 집 하녀 표클라를 제 대신 할머니 곁에 앉혀 놓았던 적이 있어요. 마침 할머니가 안락의자에 앉아서 졸고 있었기 때문이지요. 그리곤 가까운 친구에게 놀러 갔었지요.

하지만 이 방법은 실패로 끝나고 말았어요. 왜냐구요? 제가 미처 돌아오기 전에 할머니가 잠에서 깨어나셨거든요. 그리곤 무언가를 물어보셨나 봐요. 표클라는 할머니가 뭔가를 묻고 있다는 걸 알았지만, 들리질 않으니까 겁이 났던지 살그머니 핀을 빼고는 그대로 달아나 버렸답니다."

여기까지 말한 나스첸카는 갑자기 웃음을 터뜨렸다. 나도 따라 웃었다.

그녀가 갑자기 웃음을 그치고 말했다.

"당신은 할머니에 대해서 웃으시면 안 돼요. 제가 웃은 것은 그 상황 때문이에요. 저는 할머니가 조금은 좋거든요. 아무튼 그때 호되게 야단을 맞곤 그야말로 옴짝달싹도 못하게 되어 버린 거죠. 그 당시 할머니와 제가 살던 집은 낡아빠졌지만, 다락방이 하나 있었어요. 언젠가 그 방에 새로운 세입자가 이사를 왔어요."

"그렇다면 그전에도 세 든 사람이 있었겠군요?"

"네, 물론이에요."

나스첸카는 나의 참견에 시원스럽게 대답하면서 이야기를 계속했다.

"언제나 세 들 사람이 필요했어요. 우리들은 할머니의 연금과

월세가 있어야만 살림을 꾸려 나갈 수 있었거든요. 그전에 있던 세입자는 벙어리에 장님인데다 절름발이인 노인이었어요. 한데 그 사람은 오래 살지 못했어요. 그래서 외지에서 온 젊은 사람이 새로 들어오게 된 거지요.

그런데 할머니가 그 사람에 대해서 시시콜콜 따져 묻는 것이었어요. 그 사람이 늙으냐, 젊냐, 신수가 좋아 보이더냐, 나빠 보이더냐……. 그래서 아주 젊고 마음씨도 좋아 보인다고 말씀드렸더니, 할머니는 '세 드는 주제에 사람 좋은 꼴을 하고 있다니 정말 말세로구나.' 하시면서 혀를 끌끌 차시더군요.

그런데 어느 날, 그 젊은 세입자가 도배 문제로 저희들을 찾아 내려왔어요. 할머니는 그와의 대화가 즐거우셨던지 여러 가지 이야기를 나누시다가, 갑자기 저에게 '나스첸카, 내 침실에 가서 주판을 가져다 주겠니?' 하시는 것이었어요. 저는 그때 왜 그랬는지 모르겠지만, 얼굴을 붉히면서 자리에서 벌떡 일어났지요. 할머니와 제가 핀으로 연결되어 있다는 사실을 순간적으로 깜박 잊어버린 거죠. 세 든 사람에게 들키지 않게 핀을 살짝 뽑아 내기만 했어도 아무 문제가 없었을 텐데……. 제가 갑자기 일어난 탓에 할머니의 의자가 몹시 흔들렸어요.

나는 그 사람에게 못난 꼴을 들켰다는 생각이 들어 부끄러운 나머지 한참을 서 있다가 그만 울음을 터뜨리고 말았어요. 그때의 창피함과 안쓰러움은 정말 이루 말할 수 없었답니다. 할머니가 '뭘 그리 멍청하게 서 있니?' 하고 소리치셨지만……. 그 사람은

곧 사태를 짐작하곤 인사를 하는 둥 마는 둥 하고 어색한 표정으로 나가 버리더군요.

 그 뒤로 저는 현관에서 문소리만 나도 당황하기 일쑤였어요. 그 사람이 들어올까 해서요. 만약을 대비해서 살짝 핀을 빼 놓기도 했답니다. 그런데 언제나 그 사람은 아니었어요. 2주쯤 뒤에 저는 표클라를 통해 그 사람으로부터 프랑스어로 씌어진 책을 빌려줄 테니 읽어 보라는 제의를 받았어요. 아가씨에게 심심풀이로 읽어 달라고 하면 어떻겠냐는, 할머니에게 보내는 전갈까지도 함께 말이에요. 할머니는 그 뜻을 호의로 알고 받아들였지만, 책에 관해서 끈덕지게 캐물으시더군요.

'부도덕한 책이라면 절대 읽어선 안 된다, 나스첸카.'

'할머니, 부도덕한 책이란 무슨 책인데요?'

'그건 말이다. 젊은 남자들이 결혼이니 뭐니 하는 그럴 듯한 구실을 붙여 품행이 단정한 처녀들을 꾀어내 방탕한 교제를 하다가 나중에는 나 몰라라 하고 내버리곤 하는 내용이지. 그러고 나면 처녀들은 그야말로 비참해진다는 그런 따위의 책이야. 그런 책들은 아름다운 문장과 감미로운 사랑 타령을 늘어놓지만, 마무리는 항상 싸구려 사랑 이야기에 불과하단다. 나도 젊었을 적엔 그런 책을 많이 읽어 보았지만, 정말 백해무익한 거야.'

'할머니, 그 사람이 보내 준 건 모두 월터 스콧의 소설뿐이에요.'

'월터 스콧? 그거라면 좋지만…… 혹 그 사람이 연애편지라도 끼워 넣은 건 아니겠지?'

'아뇨. 그런 건 없어요.'

'표지 뒷면도 잘 살펴보거라. 그런 녀석들은 편지를 흔히 표지 뒷면에 끼워 넣곤 한다. 조금이라도 빈틈을 보여선 안 되는 거야.'

'아녜요. 아무것도 없어요.'

이렇게 해서 할머니를 안심시킨 저는 그후로 그 사람이 보내 주는 책을 참 많이 읽었어요. 푸시킨의 책도 읽었구요. 그러다보니 책에 흠뻑 빠져 들어 중국의 왕자님에게 시집가는 공상 따위는 생각도 않게 되어 버렸어요.

그러던 어느 날, 그 사람과 계단에서 정면으로 마주치게 되었어요. 그와 나는 얼굴을 붉히고 잠시 서 있었는데, 그가 먼저 빙그레 미소를 띠며 인사를 하더군요. 그리고 이렇게 짧은 대화가 오갔어요.

'책은 읽으셨습니까?'

'네.'

'그중에 무슨 책이 가장 마음에 들던가요?'

'아이반호우하고 푸시킨이오.'

그리곤 일주일 뒤였어요. 두 시가 지났을 땐데, 그와 나는 또다시 계단에서 마주쳤어요.

'안녕하세요, 나스첸카. 하루 종일 할머니와 단둘이 앉아 있으면 지루하지 않습니까?'

그때 저는 부끄러움에 얼굴을 붉혔어요. 무안을 당한 느낌이었지요. 남이 필요 이상으로 제 일을 캐물은 것은 그때가 처음이었거든요. 저는 대꾸하지 않고 그대로 지나칠까 생각했지만, 막상 발이 떨어지질 않더군요. 그러자 그가 또다시 이렇게 묻더군요.

'이것 보세요. 당신은 참 착한 아가씨입니다. 하지만 솔직히 말해서 할머니보다는 당신을 위해 말씀을 드리는 겁니다. 아가씨는 함께 놀러 갈 만한 친구도 없습니까?'

'저는 친구가 없어요. 실은 마센카라는 친구가 있었는데……

그녀는 멀리 떠나 버렸어요.'

'어때요? 나와 함께 극장에 가지 않겠어요?'

'극장엘요? 그럼 할머니는……'

'그야 물론 할머니에겐 알리지 말아야죠.'

'안 돼요. 저는 할머니를 속이는 짓은 하고 싶지 않아요. 실례하겠어요.'

'그렇습니까? 그럼 이만……'

그는 더 이상 나를 재촉하지 않고 말없이 다락방으로 올라가더군요. 그런데 식사가 끝난 뒤 그가 내려왔어요. 그는 할머니와 편한 자세로 오랫동안 이야기를 하더니 불쑥 이렇게 말했어요.

'실은 제가 오늘 오페라 좌석을 잡아 놓았는데요. 〈세빌리아의 이발사〉거든요. 아는 사람과 함께 가기로 했었는데 그만 못 간다는 전갈이 왔습니다. 그래서 표가 남았어요.'

그러자 할머니가 놀란 듯 외쳤어요.

〈세빌리아의 이발사〉라고? 그럼 옛날에 했던 것과 같은 작품인가?'

'그럼요. 똑같은 작품입니다.'

그는 이렇게 맞장구치면서 힐끗 제 얼굴을 보았어요. 저는 금방 그의 의도를 알아채곤 얼굴이 붉어졌답니다. 제 가슴은 기대에 부풀어 두근거리기 시작했어요. 할머니는 신이 나서 말씀하셨지요.

'그래…… 옛날 우리 집에서 연극을 했을 때 내가 로지나 역을

맡은 적도 있다우.'

그가 웃으면서 말했어요.

'그럼 함께 가 보시지요. 어차피 못쓰게 될 표니까요.'

'그래, 그러지. 우리 나스첸카도 극장이란 데는 한 번도 가 본 적이 없다네.'

아아, 그때 저는 얼마나 좋았는지 잔뜩 모양을 내고 나갔답니다. 할머니는 앞이 안 보이지만 음악만이라도 듣고 싶다고 하셨고, 게다가 착한 분인지라 무엇보다도 저를 위로해 주려는 마음이 있으셨던 거지요. 할머니와 나 둘뿐이라면 도저히 극장에 갈 용기가 나지 않았을 거예요.

그날의 〈세빌리아의 이발사〉가 어땠는지는 별로 중요하지 않았어요. 그분은 그날 밤 내내 다정한 눈길로 제 얼굴을 바라보며 많은 이야기들을 해 주셨으니까요.

저는 자랑스러움과 행복에 겨워 그날 밤을 보냈어요. 가슴이 쿵쿵 뛰고 얼굴은 열에 들떠 복숭아처럼 익어 버렸지요. 오죽하면 〈세빌리아의 이발사〉에 대한 꿈을 꾸곤 잠꼬대까지 했답니다."

약 속

"그 일이 있은 다음부터 저는 그분이 자주 찾아올 거라고 생각했지만 그 반대였어요. 오히려 발길을 끊었다고 해도 좋을 정도였지요. 그분이 저를 찾은 것은 한 달에 한 번 정도, 오직 극장에 초대하기 위해서일 뿐이었지요. 그래서 두 번 정도 외출을 했지만, 흡족하지 않았답니다. 그분은 그저 제가 할머니에게 붙잡혀 있는 것이 측은해서 호의를 베푸는 거라고 여겨졌기 때문이지요.

그때부터 제 생활은 뒤죽박죽이 되기 시작했어요. 책도 머리에 들어오지 않고 일도 손에 잡히지 않았어요. 안절부절못하고 공연히 할머니에게 심술궂게 대하다가 훌쩍훌쩍 울기도 하고 말이에요.

마침내 저는 병든 사람처럼 야위었지요. 그러는 동안 오페라의 계절은 지나가고, 그분의 얼굴조차 볼 수 없게 되었어요. 간혹 우연히 계단 위에서 마주칠 때가 있었지만, 그분은 인사만 하고 지나칠 뿐이었어요.

언제나 굳은 표정이었기 때문에 저는 계단 한가운데 우두커니 서서 버찌처럼 새빨간 얼굴로 우물쭈물하고 있을 뿐이었어요. 그분과 마주치기만 하면, 온몸의 피가 거꾸로 솟아오르는 듯한 기분을 주체할 수가 없었답니다.

이제 이야기가 끝나 가는군요.

꼭 일 년 전 5월이었어요. 그분이 우리에게 와서는 이제 그만 방을 내놓겠다고 말하는 것이었어요. 이 도시에서의 용무가 끝나 일 년간 모스크바에 가 있게 되었다는 내용이었지요.

저는 그 말을 듣자마자 눈앞이 캄캄해져서 그만 의자 위에 쓰러지고 말았어요. 할머니는 아무 눈치도 채지 못했지만……. 그분은 그렇게 인사를 하곤 나가 버렸지요.

아아, 나는 어찌하면 좋을까? 고민에 고민을 거듭한 끝에 마침내 결정을 내렸어요. 내일이면 그는 떠나고 마니까요. 그날 밤 저는 간단한 옷가지들을 보자기에 싸서 가슴에 안고 겁에 질린 채 다락방으로 향했답니다. 매일 다니던 계단을 올라가는 게 왜 그렇게 힘이 들던지…….

제가 마음을 다져먹고 문을 열고 들어서자, 그분은 놀라 소리를 질렀어요. 유령이라도 나타난 줄 알았을 거예요. 그리곤 제게 물을 떠다 주시더군요.

저는 몸을 지탱하고 서 있기도 힘든 지경이었어요. 두근거리는 심장, 아픈 머리, 뭐가 뭔지 알 수 없는 기분, 열정……. 아아, 그 순간은 제가 그곳에 있는지 없는지도 스스로 알아차릴 수 없는 혼돈의 시간이었지요.

정신을 차리고 나서 저는 보퉁이를 그분의 침대 위에 던져 놓고, 그 옆에 걸터앉아 두 손으로 얼굴을 가린 채 막 울었어요. 이미 사태를 짐작한 그분은 창백한 얼굴로 제 앞에 서 있었어요. 그리곤 서글픈 어조로 저를 달랬어요.

'이봐요. 나스첸카, 우린 어쩔 수가 없어요. 나는 가난한 데다 직장도 없는 형편이에요. 이런 상태로 우리가 결혼한다면 당장 살아갈 일이 막막하지 않겠어요?

저는 눈물을 흘리며 애원했어요. 더 이상 할머니와 함께 살 수도 없다, 핀으로 꽂혀진 생활이란 지옥과도 같다, 당신만 괜찮다면 모스크바로 데려가 달라, 당신 없이는 도저히 못 살 것만 같다……. 부끄러움과 자존심 이런 것들이 뒤범벅이 되어 제 온몸에서 모조리 쏟아져 나온 것이지요. 그분에게 거절당할까봐 두려움에 떨면서 말이지요.

그분은 그런 나를 그윽한 눈길로 한참 동안 바라보더니, 제 손을 잡으며 이렇게 말했어요.

'이봐요. 나의 상냥하고 사랑스런 나스첸카, 언젠가 내가 결혼할 수 있는 처지가 된다면, 나를 행복하게 해 줄 사람은 오직 당신뿐입니다. 하지만 지금은 어쩔 수가 없어요. 나는 이제 모스크바에서 일 년을 보내야 해요. 그러면 앞으로 잘될 겁니다. 만약 당신

의 사랑이 그때까지 식지 않는다면, 맹세하지만, 우리는 틀림없이 행복해질 겁니다.

설령 일 년 뒤에 그렇게 되지 못한다 해도 언젠가는 반드시 그렇게 되고 말 겁니다. 물론 그 사이에 당신이 다른 누군가를 사랑하지 않는 경우이지만……. 어쨌든 나는 당신을 어떤 말로도 묶어 놓을 수 없고, 그럴 용기도 지금은 없답니다.'

그분은 그렇게 다짐하고 떠나 버렸습니다. 우리의 약속은 비밀로 하기로 했어요. 할머니께도요. 그분이 그렇게 원했었지요. 이제 꼭 일 년이 지났군요. 그분은 돌아오셨답니다. 여기에 온 지 벌써 사흘이 되었어요. 하지만……."

"하지만 어떻게 됐다는 겁니까?"

나는 조마조마한 심정으로 나스첸카의 이야기에 결말을 재촉했다.

"여태까지 나타나지 않아요."

나스첸카는 힘이 드는 듯 졸아드는 소리로 대답했다.

"……아무런 소식이 없어요."

갑자기 그녀의 숙인 얼굴 밑으로 눈물이 방울방울 떨어지기 시작했다. 그리고 그 눈물은 곧 흐느낌이 되어 내 가슴을 비수처럼 찔러왔다. 아아, 나는 결말이 이러하리라곤 생각하지 못했던 것이다.

"나스첸카."

나는 겁먹은 듯한 부드러운 목소리로 그녀를 달랬다.

"나스첸카, 제발 울지 말아요. 어떻게 그걸 알고 있는 거죠? 혹시 그분이 아직……."

"그분은 이미 이 도시에 와 계세요. 저는 알고 있어요. 우리는 약속을 했어요. 그날 밤, 떠나기 전날 밤 우리는 이야기를 마친 뒤 이곳을 함께 걸었답니다. 이 강변길로요. 열 시쯤이었지요. 우리들은 바로 이 벤치에 나란히 앉았어요. 저는 울지 않았어요. 그분과 함께 있는 것만으로도 말할 수 없이 행복했으니까요.

……그분은 모스크바에서 돌아오는 그 길로 우리 집에 와 그때까지 제 마음이 변치 않는다면, 할머니께 모든 걸 말씀드리겠다고 약속했어요. 그런데…… 그분은 돌아오셨는데도…… 모습을 보이지 않는군요. 절 찾지 않는 거예요."

그녀는 또다시 흐느끼기 시작했다.

"아아, 어떻게 당신의 슬픔을 달래 줄 수 있을까요?"

나는 그녀의 고통이 내 것처럼 느껴져 어쩔 줄을 몰랐다. 그러다가 문득 벤치에서 일어나 소리쳤다.

"나스첸카, 그래요. 내가 그 사람을 찾아가 보면 안 될까요?"

"……그래주실 수 있어요?"

그녀는 갑자기 얼굴을 쳐들었다. 그러다가 문득 정신을 차린 듯 단호한 어조로 말했다.

"안 돼요, 절대 안 될 말이에요."

"어째서 안 되는 거지요? 왜 그런가요?"

나는 내 생각의 끈에 집착하며 말을 계속했다.

"아시겠어요? 나스첸카, 나를 믿어 주세요. 내게 편지를 써 주세요. 나쁜 충고는 하지 않겠다고 약속하지 않았습니까? 일이 잘 해결될 겁니다. 당신은 이미 첫걸음을 내디뎠는데…… 이제 와서 새삼스럽게……."

"안 돼요. 저로선 당신께 그런 무리한 부탁은 할 수 없어요. 그 건……."

"아아, 나의 상냥한 나스첸카!"

나는 미소를 지으며 그녀의 말문을 막았다.

"아닙니다. 절대 그런 게 아니에요. 그건 당신의 당연한 권리입니다. 어쨌든 그분은 당신과 약속을 했잖아요? 당신의 이야기를 들으니, 그분은 틀림없이 섬세한 성격을 가진 훌륭한 신사일 거라는 느낌이 듭니다."

나는 나의 말에 도취되어 우쭐한 기분으로 말을 계속했다.

"그분의 행동은 어떻습니까? 그는 당신과의 약속으로 스스로를 묶어 놓은 겁니다. 자신은 절대로 당신 외에 다른 여자와는 결혼하지 않겠다고 다짐했고, 또 당신에게 선택할 수 있는 완전한 자유를 주지 않았던가요? 분명히 당신에게 어떤 권리를 준 거예요. 이를테면 상대를 그 약속에서 풀어 줄 수 있는 권한까지도……."

"당신이라면 뭐라고 말할 건데요?"

"뭘 말이죠?"

"편지에 말이에요."

"그래요. 제 생각으로는 이렇게 쓰면 될 것 같군요."

당신께 펜을 들었습니다. 저의 성급함을 용서해 주세요. 저
는 지난 일 년 동안 희망에 찬 나날을 보내 왔습니다. 이제 와서
의심스런 하루인들 참지 못하는 게 제 잘못일까요?

당신은 이미 돌아와 계십니다. 어쩌면 마음이 변한 건 아닌
가요? 만약 그렇다면 저는 아무런 푸념이나 비난을 하지 않을
겁니다. 제 마음을 잡아 주지 않은 당신을 원망하지도 않겠습니
다. 그것이 제 운명이겠지요. 당신은 훌륭한 분입니다.

이 성급한 편지를 읽으시고 절대 비웃거나 언짢아하지 말아
주세요. 이 편지를 쓰고 있는 제가 얼마나 불쌍한 소녀인지를
생각해 주세요. 그 소녀는 고독하고, 무엇 하나 가르쳐 줄 사람
도, 충고해 줄 친구도 없으며 스스로 자신을 억제해 본 적도 없
는 약한 여자랍니다.

짧은 한순간이나마 제 가슴에 스며들었던 의혹을 용서해 주
세요. 당신은 그토록 당신을 사랑했고, 지금도 사랑하고 있는
소녀를 모욕하는 일은 도저히 하실 수 없는 분이에요.

"그래요. 맞아요. 제 생각과 너무나 똑같아요."
그제야 나스첸카는 밝은 목소리로 소리쳤다.
"아아, 당신은 제 의혹을 풀어 주셨어요. 하느님께서 정말 저를
위해 당신을 보내 주신 것만 같아요. 고마워요. 정말이에요."

그 기쁨에 넘친 아름다운 얼굴, 나는 그
녀와 하나가 된 듯 즐거운 심정이 되었다.

"아아, 나스첸카! 정말 우리들은 이 땅에 누군가와 함께 살고
있다는 것만으로 하느님께 감사드릴 때가 있어요. 지금 나에게 당
신과의 만남이 바로 그런 경우랍니다."

"어머나, 그만하세요. 그런 말씀은 정말 제겐 과분하답니다. 제
말을 좀 들어 보세요. 그분은 이 도시에 오게 되면, 제가 아는 누
군가에게 편지를 해서 소식을 전해 주기로 했어요. 그는 우리들의
관계를 전혀 모르는 사람이에요. 친절하고 좋은 사람이지만…….
만약 일이 여의치 않으면 그가 여기 도착한 날 밤 열 시에 이 장소
에서 만나기로 했어요.

그분이 이 도시에 돌아왔다는 걸 저는 알고 있어요. 벌써 사흘째예요. 그런데도 아무런 소식도 없고, 이 자리에 나타나지도 않고 있거든요. 저는 저대로 하루 종일 할머니 곁을 떠날 수가 없고요.

그래요. 당신이 제 편지를 그 친절한 분께 전해 주시겠어요? 그래서 만일 답장이 있으면 내일 밤 열 시에 제게 그 편지를 가져다주세요."

"하지만 그 편지는…… 우선 편지를 써야 하지 않겠습니까?"

"편지 말이죠……."

이 말에 나스첸카는 잠시 머뭇거리더니 장미꽃처럼 발그레한 얼굴로 내 손에 편지 한 통을 건네주었다. 그것은 이미 우리가 이야기를 꺼내기 훨씬 전에 씌어진, 봉인까지 된 편지였다.

아아, 순간 나는 무엇인가 그립고, 이상하게 마음을 즐겁게 하는 추억이 머리를 스쳐가는 것을 느꼈다. 갑자기 내 입에서 노래가 흘러나왔다.

"루루루루…… 루…… 루……."

그러자 나스첸카도 환한 얼굴로 내 노래를 따라 불렀다.

"루루…… 로…… 지나……."

나는 너무나 기쁜 마음에 금방 그녀를 껴안을 것만 같았다. 부끄러움이 섞인 해맑은 웃음, 그녀의 검은 속눈썹 속에서 진주 같은 눈물방울이 떨어지고 있었다.

"아아, 이제 그만, 그만두세요."

그녀가 내 손을 잡으며 재빨리 말했다.

"편지를 받으세요. 주소도 여기 있어요. 그럼 안녕, 내일 우리 다시 만나요. 내일."

나스첸카는 어제처럼 그 골목으로 발길을 돌렸다. 나는 그녀의 아름다운 뒷모습이 사라질 때까지 눈을 떼지 않았다. 그리곤 그녀가 남긴 마지막 말을 가슴속에 가만히 감추어 두었다.

'내일 우리 다시 만나요. 내일.'

기다림

오늘은 왠지 우울한 날이었다. 빛나는 햇살 대신 빗방울만 주룩주룩 떨어져 내렸다. 마치 인생의 막바지에 이른 듯한 공허한 느낌, 머릿속에는 알 수 없는 의문부호들이 소용돌이치고 있었다. 뭔가? 대체 그게 뭔가? 하지만 나에게는 그 껍데기조차 알아낼 의욕이 생기지 않았다. 이상하게도 지치고 힘든 기분이었다.

나스첸카, 아마 오늘은 만나지 못하겠지. 구름은, 어제 우리가 헤어질 때부터 도시로 몰려들기 시작했다. 내가 날씨에 대해서 잠깐 언급하자 그녀는 아무 말도 하지 않았다. 그녀에게 오늘이란 구름 한 점 없이 해맑게 갠 날이어야 하는 것이다.

"비가 오면 우린 못 만나겠군요. 나올 수가 없으니까……."

그녀는 이렇게 말했다. 사실 그녀는 오늘 비가 오리라고 상상조차 못했을 것이다. 짐작대로 그녀는 나오지 않았다.

어젯밤은 우리의 세 번째 만남이었으며 세 번째 백야였다. 그 하얀 밤, 우리의 만남은 정말 신비로웠다.

사랑이란 어쩌면 그렇게 사람의 마음을 풍요롭게 만들어 주는 것일까? 마음속의 모든 것을 털어놓고, 그 어떤 말에도 행복의 미소가 절로 지어지는 사랑. 어젯밤 그녀의 호의와 다정한 말투는 내게 얼마나 많은 것을 안겨 주었던가? 지친 나를 위로해 주고 용기와 안온을 가져다 준 그녀의 따스함, 나는 그 행복이 가져다 주는 마법에 고지식하게 빠져 있었다.

아아, 그렇지만 어째서 난 그녀의 현실을 생각지 못했던 것일까? 모든 것이 남의 것이었으며 모든 것이 이미 내 것이 아닌데도, 나는 그토록 눈먼 듯 기쁨에 빠져 있었던 것일까? 나를 옴짝달싹 못하게 졸라맸던 그 상냥함이나 염려, 그 애정조차도……. 그녀는 다른 남자와 함께할 재회의 기쁨, 자신의 그 열매를 내게 조금 나누어 주고 싶다는 그런 온정 외에는 아무것도 가지고 있지 않았다. 그가 끝내 오지 않고 둘 다 허탕쳤음을 깨달았을 때, 그녀는 이맛살을 찌푸리고 겁먹은 듯 머뭇거리지 않았던가.

그녀의 몸짓 하나 하나에서 말 한마디까지, 그 모든 것들은 이미 전처럼 경쾌하거나 명랑하지 않았다. 그런데 이상하게도 그 순간 그녀는 나에 대해 전보다 몇 배 더 관심을 기울이기 시작했다. 그것은 마치 그녀가 스스로에게 원했던 것, 만일 실현되지 않는다면 하고, 두려워했던 것을 본능적으로 내게 털어놓은 것만 같았다.

그녀는 문득 자신의 목마름과 두려움을 깨닫고, 애처롭게도 내가 그녀를 사랑하고 있다는 생각에 미치자, 그만 내가 가여워졌던 것이리라.

그렇다. 우리들은 자신의 불행을 느낄 때 비로소 타인의 불행을 보다 강하게 인식하는 것이다. 감정이 흩어지지 않고 오히려 집중되는 것이다.

나는 넘치는 기쁨을 안고 그녀에게 달려갔다. 만남의 시간까지 기다릴 수가 없었다. 이제부터의 내 감정은 스스로 제어할 수 없을 것 같았다. 결말은 이렇게 예정되어 있는 것이다.

그녀는 환한 표정이었다. 그녀는 회답을 기다리고 있었던 것이다. 회답이란 바로 나 자신이었다. 나는 그녀의 부름에 응하지 않으면 안 되었다. 나스첸카는 나보다 한 시간이나 먼저 나와 있었다. 처음부터 그녀는 나의 말 한마디에도 웃음으로 반응했다.

"제가 왜 이렇게 즐거워하는지 아시겠어요?"

그녀가 싱싱한 목소리로 내게 이렇게 물었다.

"아시겠어요? 당신을 만나면 왜 이렇게 좋은지……. 오늘 왜 이렇게도 당신과의 만남이 사랑스러운지를요."

"글쎄요."

나는 두근거리는 심장을 애써 누르며 그녀의 대답을 기다렸다.

"제가 당신을 사랑하는 것은 당신이 저를 사랑하지 않기 때문이에요. 만약 다른 사람이었다면, 필요 이상으로 저를 돌봐 주려

하거나 귀찮게 따라다녔을 거예요. 그 방법도 통하지 않는다면 한숨을 쉬고 괴로운 표정을 지으며 제 동정심을 끌어내려고 하겠지요. 그런데 어쩌면 당신은 그렇게……."

그러면서 나스첸카는 내 손을 꼭 쥐었다. 나는 복받치는 행복감에 큰 소리를 지를 뻔했다.

"아, 당신은 정말로 좋은 친구예요."

그러더니 그녀는 갑자기 정색을 하며 말을 이었다.

"당신은 저를 위해 하느님께서 보내 주신 분이에요. 만약 당신이 아니었다면, 저는 어떻게 되었을까요? 제가 만일 결혼을 하게 된다면, 우리는 아주 좋은 친구로 남아야 해요. 친남매 이상으로 말예요. 저는 당신과 그분을 똑같이 사랑할 수 있을 것만 같아요."

그 순간 한없는 서글픔이 밀려왔다. 그와 동시에 무언가 조소 같은 것이 내 가슴속에서 꿈틀거리기 시작했다.

"나스첸카. 당신은 겁먹고 있습니다. 혹 그분이 오지 않을 거라고 생각하고 있는 건 아닌가요?"

"어머, 무슨 그런 말씀을……. 만약 제가 이렇게 행복하지 않다면, 당신이 믿어 주지 않고 비난을 했다면, 저는 틀림없이 울어 버렸을 거예요. 하지만 당신은 저에게 심사숙고하게 해 주셨고, 무엇이 문제인지 알게 해 주셨어요. 하지만 그건 중요하지 않아요. 솔직히 말해서 지금 저는 제정신이 아니에요. 기다림 때문에 너무나도 초조해서 마음이 안정되질 않았어요. 아아, 우리 그런 감정적인 이야기는 그만해요."

그때 발소리가 들려왔다. 멀리 어둠 속에서 이쪽으로 걸어오는 사람의 자취가 보였다. 우리 두 사람은 동시에 오들오들 떨기 시작했다. 나는 그녀의 손을 놓고 그 자리에서 물러나려는 몸짓을 했다. 하지만 그가 아니었다.

그녀가 내게 손을 내밀며 말했다.

"뭘 무서워하세요? 어째서 제 손을 놓으셨나요? ······이것 보세요. 괜찮잖아요. 우리 둘이 함께 그분을 만나요. 우리 둘이 서로 얼마나 사랑하고 있는가를 보여 드리고 싶어요."

"얼마나 사랑하는가를요?"

나는 순간 마음속에 불길이 일어나는 것을 느꼈다. 그 말 한마디에 얼마나 많은 의미가 담겨 있는가.

'아아, 나스첸카. 그 말은 때와 장소에 따라서는 상대의 마음을 섬뜩하게 하고, 괴로움의 바다에 집어넣는 것과 같다는 것을 당신은 알고나 있는지······. 아아, 나스첸카. 그대의 손은 싸늘하지만 내 손은 불처럼 뜨겁습니다. 어쩌면 그대는 이다지도 눈이 어두울까. 행복한 인간이란 때론 고통스럽기도 한 모양입니다. 그러나 나는 당신에게 화를 낼 수 없습니다.'

그러다가 마침내 기쁨의 물결이 밀려오기 시작했다.

"나스첸카, 오늘 내게 무슨 일이 있었는지 알아요?"

"무슨 일이었나요? 빨리 말씀해 주세요."

"나스첸카, 나는 당신이 부탁한 일을 완전하게 끝냈답니다. 당신이 말한 친절한 분을 만났고, 그에게 편지도 전해 주고······. 그리곤 집에 돌아왔지요."

"그뿐인가요?"

그녀는 웃으면서 물었다.

"그래요. 그뿐입니다."

나는 괴로움을 억누르며 대답했다. 내 눈에는 벌써 어리석은 눈물이 괴어 나고 있었다.

"나는 우리가 약속한 시간보다 한 시간 전에 눈을 떴습니다. 그런데 전혀 잠을 잔 것 같지 않았어요. 대체 어떻게 된 건지 알 수 없지만, 당신에게 이런 것을 모두 이야기하려고 생각했어요. 여기 나오는 도중에도 어쩐지 시간의 흐름이 갑자기 멈춰 버리고 단 하나의 감각, 단 하나의 감정만이 내 가슴속에 영원히 머물러 있어야 하고, 단 하나의 순간만이 영원히 계속되어야 할 것 같은, 마치 나를 위해 모든 생활이 정지된 듯한 느낌을 받았습니다.

내가 눈을 떴을 때 언제부터인가 뇌리에 남아 있던, 그동안 까맣게 잊고 있었던 어떤 감미로운 선율이 되살아나는 것만 같았습니다. 그 선율은 여태까지 내 가슴속에서 밖으로 자꾸만 빠져나가려고 애쓰다가 이제야 겨우 나온 것만 같아요."

"아아, 안 돼요. 싫어요."

나스첸카는 내 말을 막으며 물었다.

"그게 대체 무슨 말이지요? 도무지 이해를 할 수 없어요."

"나스첸카, 나는 다만 이상한 느낌을 당신에게 전하려 하는 겁니다."

나는 힘없는 목소리로 대답했다. 거기에는 아직도 실낱같은 희망이 숨겨져 있었다.

"좋아요. 그만하세요. 이젠 됐어요."

그녀는 내 말의 의미를 순간적으로 깨달았던 것이다. 빈틈없는 나스첸카.

갑자기 그녀는 말이 많아지고 명랑하며 장난스러워졌다. 그녀는 내 손을 잡고 유쾌하게 웃으며 나의 웃음을 끌어냈다. 내가 어찌할 바를 몰라 말을 더듬으면, 그녀는 더욱 긴 웃음으로 화답했다. 그래서 내가 조금씩 화가 날 것만 같은 기분이 들 즈음, 그녀가 부드러운 목소리로 나를 달랬다.

"당신이 저를 사랑하지 않아서 화가 나요. 당신은 고집쟁이예요. 제가 이렇게 솔직한 여자라는 걸 인정해 주셔야 해요. 무슨 생각이든 떠오르는 건 다 말해 버리거든요."

"좀 들어 보세요. 저건 분명히 열한 시를 알리는 종소리입니다."

멀리 떨어져 있는 도시의 종루에서 규칙적인 종소리가 울려 퍼지기 시작했던 것이다. 그러자 그녀는 갑자기 입을 다물고 조용히 귀를 기울였다. 그러더니 웃음을 거두고 머뭇거리면서 말했다.

"그렇군요. 열한 시군요."

나는 곧 그녀가 종소리를 의식하도록 만든 것을 후회했다. 아아, 왜 나는 발작적으로 그런 심술궂은 짓을 했단 말인가. 그 때문에 상처받았을 그녀의 마음을 어쩌란 말인가.

갈 등

그 사람은 오지 않을 것이다. 그건 분명했다. 그때부터 나는 그가 올 수 없는 이유를 생각해 내고, 온 힘을 다해 여러 가지 근거와 이유를 끌어 대서 나스첸카를 위로하기 시작했다. 어느 누구라도 이 순간 상심에 빠진 그녀를 속이는 건 식은 죽 먹기였을 것이다.

이런 경우에는 그 어떤 사람이라도 터무니없는 위로의 말을 받아들이게 된다. 여기에 구렁텅이에 빠진 자신을 합리화하려는 절박한 마음까지 있다면 더없이 기뻐할 것이다. 그리하여 나는 그녀를 달래기 위해 열을 올렸다.

"나스첸카, 잘 생각해 봐요. 그 사람이 과연 편지를 받아보았는지 어떤지도 사실 의심스러워요. 설사 올 수 없다고 해요. 그래서 답장을 쓴다고 해도, 아무리 빨라야 그것은 내일쯤 도착할 겁니다. 아무튼 날이 새면 내가 가서 사정을 알아볼게요. 어쨌든 여러 가지 이유가 있을 테니까요."

"그래요. 그렇군요."

그녀는 극히 온순하게 말을 이어 갔지만, 어딘지 그늘진 목소리였다.

"그래요. 어떤 일이라도 있을 수 있겠지요. 그럼 내일 아침 될수 있는 대로 일찍 사정을 알아봐 주세요. 제 주소는 알고 계시죠?"

그러면서 그녀는 자신의 주소를 몇 번이나 되풀이하여 알려 주었다. 그러고 나서 잠시 동안 그녀는 나에게 상냥하고 다소곳한 태도를 취했다. 그녀는 나의 이야기를 주의 깊게 듣고 있는 것만 같았다.

그런데 내가 뭔가를 묻자 갑자기 당황스런 태도로 얼굴을 외면했다. 나는 그녀를 들여다보았다. 역시…… 그녀는 울고 있었다.

"아니, 어쩌면 이렇게 어린아이 같을까요? 꼭 어린아이 같아요. 자, 이제 그만……."

나 때문에 그녀는 애써 웃는 표정을 지으려 했지만, 가슴으론 여전히 흐느끼고 있었다. 그녀는 잠시 입을 다물더니 침착한 어조로 입을 열었다.

"당신은 정말 친절하신 분이에요. 그걸 모른다면 전 나무나 돌같은 여자겠지요. ……지금 제가 어떤 생각을 했는지 모르시겠지요? 저는 당신과 그분을 비교해 보았어요. 어째서 당신은 그분이 아닐까요? 어째서 당신과 다를까요? 저는 그분을 당신보다 훨씬 더 사랑하고 있지만, 확실히 그분은 당신만 못해요."

나는 아무런 대답도 할 수 없었다. 하지만 그녀는 내가 뭐라고 말해 주기를 기다리는 것만 같았다.

"그야 물론, 저는 아직 충분히 그분을 이해하고 있지 못한지도 몰라요. 어쩌면 그분을 두려워하고 있었던 것 같기도 하구요. 그분은 언제나 성실하지만 어딘가 교만한 모습도 보였어요. ……아, 아뇨. 그렇게 보일 뿐 마음은 굉장히 따스하다는 것도 알고 있지만……. 처음 그분을 찾아갔을 때 그분의 따스한 눈길을 아직도 기억하고 있거든요. 하지만 제가 그분을 생각하는 것이 사랑보다는 존경인 것만 같아요. 그러니 서로 공평한 사이는 아니죠?"

"아니에요. 나스첸카, 그렇지 않아요. 그건 당신이 그 사람을 이 세상 누구보다, 자기 자신보다도 더 사랑하고 있기 때문이에요."

"그래요. 어쩌면 그런지도 모르지요. 하지만요. 지금 제가 무슨 생각을 하고 있는지 아세요? 그분에 대한 일만이 아니에요. 이건 일반적이고 옛날부터 궁금했던 이야기예요.

우리들은 모두 서로가 형제처럼 지낼 수는 없는 걸까요? 아무리 좋은 사람이라도 늘 뭔가 숨기고 있는 것처럼 마음에 있는 말을 입 밖에 내지 않는 것은 왜일까요? 어째서 솔직하게 말해 버리지 않을까요?

사람들은 누구나 다 남에게 실제의 자기보다 조금이라도 강해 보이려고 하는 것 같아요. 뭐든지 생각하는 바를 바로 말해 버리면, 자기의 감정을 모욕하는 건 아닌가 해서 두려워하는 게 아닐까요?"

"나스첸카, 그건 확실히 당신 말이 맞아요. 하지만 거기에는 여러 가지 이유가 있어요."

"아니에요. 아니에요. 이를테면 현재 당신은 다른 사람과는 다르잖아요. 제가 어떻게 설명해야 될지 모르겠지만, 그러니까 지금만 해도 당신은 뭔가를 희생하고 있는 것처럼 느껴져요. 그런 생각이 드는 걸 어떡하죠?'

나스첸카는 이렇게 말하곤 겁먹은 듯이 나를 힐끔 쳐다보았다.

"이런 말을 해서 죄송해요. 전 교육도 제대로 받지 못했고, 세상사에 무지해서…… 정말로 어떻게 이야기해야 할지 모를 때가 많아요. 하지만 저는 당신께 감사드리고 있어요. 저도 그런 감정쯤은 표현할 수 있다는 것을 알리고 싶었어요. 아아, 제발 하느님께서 당신께 축복을 내려 주셨으면…….

그때 당신은 공상가에 대해서 많은 이야기를 해 주셨지요. 하지만 그건 사실과 달라요. 아니, 그렇지 않아요. 그건 당신과 전혀관계가 없는 일이에요. 당신은 만나면 만날수록 점점 강해지고, 당신이 묘사한 것과는 너무나 달라 보여요. 언젠가 당신이 사랑하는 사람을 만나게 되면 분명 행복할 거예요. 저도 여자이니까요. 여자인 제가 이렇게 말하는 거니까 제 말을 믿어 주셔야 해요."

나는 아무 말도 할 수 없었다. 그렇게 짧은 침묵의 순간이 흘러갔다. 그녀는 고개를 들며 독백하듯 말했다.

"그렇군요. 오늘 밤엔 찾아올 것 같지 않군요. 시간이 많이 늦었어요."

"내일은 꼭 올 겁니다."

나는 자신 있는 어조로 말했다.

"글쎄요. 저도 이젠 내일이 아니면 그분이 오지 않으리란 걸 깨닫게 되었어요. 그럼 안녕, 내일 또다시…… 만약 비가 오면, 어쩌면 안 올지도 몰라요. 하지만 모레는 오겠어요. 무슨 일이 있어도 저는 나올 거예요. 당신도 꼭 와 주시겠죠? 모든 걸 이야기하고 싶어요."

우리는 자리에서 일어났다. 헤어지면서 그녀는 밝은 표정으로 나의 눈을 바라보았다.

"이제 언제까지라도 헤어지지 말아요, 네?"

아아, 그러나 나스첸카, 내가 지금 얼마나 깊은 슬픔과 고독에 잠겨 있는지, 그것을 당신이 알아준다면!

괘종시계가 아홉 시를 울렸다. 나는 방 안에 가만히 앉아 있을 수가 없었다. 울적한 날씨였지만, 옷을 꺼내 입고 밖으로 뛰쳐나왔다.

우리의 첫 만남의 장소로 찾아갔다. 그리곤 함께 이야기를 나누던 벤치에 걸터앉았다. 그녀가 살고 있는 골목길 어귀로 걸어보았다. 하지만 부끄러움이 치올라 창문도 올려다보지 못하고 되돌아오고 말았다. 왜 이다지도 축축하고 우울할까? 날씨만 좋았

다면 밤새도록 그 근처를 걸어 다닐 수 있으련만……. 쓸쓸한 밤 길이었다.

내일, 내일까지 참아야 한다. 내일이 오면 그녀는 모든 것을 이 야기해 줄 것이다. 그렇긴 하지만 오늘도 편지는 오지 않았다. 그 건 당연했다. 어쩌면 그 두 사람은 이미 함께 있는지도 모르는 일 이었으니까.

아픈 고백

내가 그곳에 도착한 것은 아홉 시 경이었다. 멀리 나스첸카의 모습이 보였다. 그녀는 맨 처음 보았을 때처럼 운하 난간에 팔꿈치를 괴고 서 있었다. 내가 가까이 다가갔는데도 알아채지 못했다. 그녀에겐 나의 발소리조차 들리지 않는 것 같았다.

"나스첸카!"

나는 짜릿한 감흥에 휩싸인 채 그녀의 이름을 불렀다. 놀란 그녀는 나를 알아보고 손을 내밀며 소리쳤다.

"자아…… 어서요."

나는 어리둥절해서 그녀를 빤히 쳐다보았다.

"어서요. 편지는 어디 있어요? 편지 안 가져오셨어요?"

한 손으로 난간을 잡은 채 그녀가 재촉했다. 나는 멀뚱한 표정으로 대답했다.

"아니, 편지 같은 건 없습니다. ……아직 그 사람이 오지 않았습니까?"

그러자 그녀는 얼굴이 갑자기 창백해지더니 한참 동안 내 얼굴을 응시했다. 그렇다. 바로 내가 그녀의 마지막 희망을 깨뜨린 것이었다.

"이제…… 그런 사람은…… 아무래도…… 괜찮아요."

그녀는 더듬거리며 간신히 말했다.

"이렇게 저를 외면하는 사람은 정말 필요 없어요."

그녀는 눈을 내리깔았다. 그리곤 다시 고개를 들려고 하다가 힘겨운 듯 멀리 강변을 응시했다. 한참 동안 그녀는 스스로를 자제하려 애쓰는 것만 같았다. 하지만 결국에는 참았던 눈물을 터뜨리고야 말았다.

"제발 울지 말아요."

나는 그녀를 위로하려고 했지만 그건 마음뿐이었다. 이제 와서 새삼스럽게 무슨 말로 그녀의 눈물을 막을 수 있단 말인가.

나스첸카가 울면서 말했다.

"저를 달래려고 애쓰지 마세요. 그리고 그분에 대해서 아무 말도 하지 마세요. 아아, 이렇게 잔인하게, 피도 눈물도 없이 돌아서 버리다니…… 정말 너무하군요. 하지만 왜죠? 왜 저를 외면하는 거죠? 제가 보낸 편지에…… 그 불행한 편지에 해선 안 될 말이라도 씌어 있었단 말인가요?"

그녀의 목소리는 자신의 격렬한 울음 소리에 묻혀 버렸다. 처연한 그녀의 젖은 얼굴을 보면서 내 가슴은 찢어지는 것만 같았다.

"아아, 어쩌면 그렇게 무심할 수 있을까……."

다시 그녀의 목소리가 울음의 강을 뛰어넘어 흐르기 시작했다.

"어쩌면 단 한 줄, 단 한 줄의 답장도 하지 않을까요? 너는 이제 필요 없다, 나는 너를 버리기로 했다, 이렇게라도 써 주었으면……. 꼬박 사흘씩이나 기다리게 해 놓고 한 줄의 회답도 보내지 않다니요. 사랑한 것이 그렇게 죄가 되는 건가요? 그분에겐 이 불쌍하고 의지할 데 없는 소녀를 모욕하는 것만큼 쉬운 일은 아마 없을 거예요.

아아, 그동안 저는 얼마나 괴로웠는지 몰라요. 그런데 정말 이게 무슨 꼴이람. 내가 그날 밤 몰래 찾아가서 수치를 무릅쓰고 울면서 호소했던 작은 한 조각의 사랑을…… 아아, 그때의 일을 생각하면…… 그런데 이런 결과가 되다니…… 이것 보세요. 제게 뭐라고 말씀 좀 해 주세요."

그녀는 나를 바라보면서 한순간 폭포수가 쏟아지듯 흐느낌과 넋두리를 쏟아 냈다. 그러다 갑자기 물길이 끊긴 듯 까만 눈동자를 반짝이더니 또 다른 생각의 강물을 쫓아가기 시작했다.

"틀림없이 뭔가 잘못됐을 거예요. 이런 일은 도무지 있을 수가 없어요. 틀림없이 저나 당신이 잘못 짚은 거예요. 그분은 어쩌면 아직도 편지를 보지 못한 게 아닐까요? 괜히 아무것도 모르는 그분을 원망하고 있는 건 아닐까요? 생각을 좀 해 보세요. 전 도무지 이해할 수가 없으니까요.

……그분은 제게 이러실 분이 아니에요. 한마디 답장도 없다

니. 세상에 아무리 쓰레기 같은 사람이라도 눈곱만큼의 동정심은 있기 마련 아닌가요? 혹시 그분이 저에 대한 무슨 억측이나 소문을 들었을지도 몰라요. 누군가가 저를 중상모략했는지도 모르구요."

나는 그녀에게 뭔가를 주어야 했다. 그녀의 눈물이 원하는 소망에 대한 해답, 아니 그 어떤 방법이라도 모색하지 않으면 안 될 것 같은 견딜 수 없는 기분이 되었다.

"나스첸카, 울지 말아요. 내일 내가 그 사람을 찾아가 보겠습니다."

"그래서요?"

"당신의 마음을 전하겠어요. 그 사람에게 자초지종을 물어보면 되지 않을까요? 그간의 사정을 다 이야기하고 말이에요."

"그래서…… 그래서요?"

"다시 편지를 써 주세요. 나스첸카, 거부하지 마세요. 나는 반드시 당신의 뜻을 확실하게 알려 주겠어요. 그래서 만약……."

"안 돼요. 안 돼요."

그녀는 내 말을 막으며 말했다.

"이젠 싫어요. 저는 이제 무슨 말도 어떤 편지도 하지 않겠어요. 아아, 이제는 그만! 그런 사람 따위는 이제 몰라요. 절대 사랑하지 않아요. 이젠 잊어야……."

"진정하세요. 자, 여기 앉아요, 나스첸카."

나는 말을 맺지 못할 만큼 격정에 싸인 그녀를 이끌어 벤치에 앉혔다.

"괜찮아요. 걱정하지 마세요. 이건 아무것도 아니에요. 눈물 같은 건 금방 말라 버릴 거예요. 당신은 혹시 제가 갑자기 강물에 뛰어든다거나 자살이라도 할까봐 그러세요?"

나는 목이 메었다. 뭔가 초월한 듯한 그녀의 말에 금세 눈시울이 젖어 왔다. 그러자 그녀는 내 손을 잡고 말을 계속했다.

"이봐요. 당신이라면 절대 그러지 않을 거예요. 당신이라면, 스스로 당신을 찾은 가냘프고 어리석은 소녀의 사랑에 정면으로 비웃음을 던지는 그런 짓은 절대 하지 않을 거예요. 당신은 아마 그 소녀를 소중하게 감싸 줬을 거예요. 마치 품에 뛰어든 비둘기에게 하듯 말이에요. 그 소녀는 외톨이고, 스스로 자신을 억제하지 못하고, 아무런 죄도 없는데……. 아아, 이게 정말 무슨 일일까요?"

"나스첸카!"

나는 마침내 흥분을 참지 못하고 소리쳤다.

"나스첸카! 왜 이렇게 저를 괴롭히는 겁니까? 당신은…… 아아, 내 심장을 갈갈이 찢어 죽이려는 겁니까? 정말로 내 가슴이 터져 버리는 꼴을 보고 싶으신 겁니까?"

그녀는 나의 흥분한 모습에 깜짝 놀라 나를 바라보았다. 그리곤 한참 뒤에야 겨우 입을 열었다.

"대체 왜 그러세요?"

"내 말을 좀 들어 주세요. 나스첸카! 이제부터 제 이야기는 모두 엉터리입니다. 현실에선 불가능한 일입니다. 정말 어리석은 이야기죠. 하지만 나는 참을 수가 없습니다. 당신의 괴로움을 압니다. 이젠 제발 내 말을 좀 들어 주십시오."

"무슨 말인데요?"

나의 격정적인 모습을 보자 그녀는 금방 울음을 멈추고 호기심 어린 눈으로 나를 응시했다.

"이야기해 보세요."

"이런 일은 이루어질 리 없습니다. 하지만 그래요. 나는 당신을 사랑하고 있습니다, 나스첸카. 이것뿐입니다. 자, 이게 전부입니다."

나는 마구 손을 휘저으면서 말했다.

"이렇게 되면 아시겠죠? 지금 내가 한 말을 당신이 할 수 있을지 어떨지를, 그리고 이제부터 내 말을 들을 수 있을지 어떨지를 말입니다."

"어째서죠? 그게 대체 어쨌다는 거죠? 저는 전부터 이미 다 알고 있었어요. 당신이 저를 사랑하고 있다는 걸요. 단지 당신의 사랑은 단순하고 막연한 것이라고만 생각했던 거죠. 아아, 그럼…… 이제 어떡하면 좋죠? 아아……."

"물론 처음에는 단순했습니다, 나스첸카. 하지만 지금은, 지금은…… 나는 그때의 당신과 똑같습니다. 보퉁이를 들고 그 사람에게 갔을 때의 당신과 말입니다. 아니, 나는 그보다 더 비참한 지경입니다. 나스첸카, 그때 그 사람에게는 사랑하는 사람이 없었으니까요. 그런 사람을 당신이 사랑했으니까요."

그녀는 내 말을 듣자 얼굴이 홍당무처럼 붉게 물들었다.

"무슨 말씀을 하시는 거예요. ……당신이라는 분은…… 이봐요. 좀 들어 보세요. 무엇 때문에…… 아니 왜, 지금 느닷없이…… 아아, 제가 지금 무슨 말을 하고 있는 거죠? 당신은……."

"어쩔 수 없어요, 나스첸카. 정말…… 제가 나쁜 사람입니다. 나도 모르게 그만 이끌려 버렸습니다. ……아니에요. 나는 아무런 나쁜 짓도 하지 않았습니다. 나스첸카, 나는 그걸 알 수 있어요. 느낄 수 있어요. 제 양심이 그렇게 말하는 것만 같아요. 당신을 화나게 하거나 모욕할 수는 없어요. 나는 분명 당신의 친한 친구였습니다. 지금도 여전히 그렇고요. 나는 절대로 당신을 배반하지 않았어요. ……나를 보세요. 내 눈을 보세요. 눈물이 흐르고 있지 않습니까? 나스첸카, 흐르게 내버려 두십시오. 누구에게 방해가 되는 것도 아니니까요. ……그러다가 말라 버릴 겁니다."

그러자 나스첸카는 당황한 표정으로 나의 손을 잡고 벤치로 이끌면서 말했다.

"아무튼 여기 좀 앉으세요. ……아아, 어쩌면 좋아……."

"아뇨. 나스첸카, 나는 더 이상 여기 있을 수가 없습니다. 당신은 이제 나를 볼 수 없을 겁니다. 나는 떠나야겠어요. ……다만 당신이 영원히 몰랐을 저의 사랑을 진실로 들려주고 싶었을 뿐입니다. 이 비밀을 언제까지나 홀로 간직하겠습니다. …… 지금 제가 이기적인 생각으로 당신을 괴롭히진 않았겠죠? 그래요. 하지만 나는 더 이상 견딜 수가 없습니다. 당신 스스로 이런 말을 꺼

냈으니 당신이 더 나쁩니다. 모든 게 당신 탓이지 제 탓은 아닙니다. 당신은 나를 쫓아 버릴 수 없단 말입니다."

"아녜요. 그렇지 않아요. 저는 절대 당신을 쫓아버리거나 하지 않아요. 절대 아니에요."

아아, 불쌍한 나스첸카는 내게 당황한 기색을 보이지 않으려 무진 애를 쓰고 있었다.

"나를 쫓아내지 않는다고요? 아니에요. 내가 당신 곁에서 달아나려고 하는 겁니다. 어차피 나는 떠날 사람이에요. 그러니까 하고 싶은 말을 다 하겠어요. ……나스첸카, 당신이 이 자리에서 울고 있었을 때, 버림을 받았다, 사랑이 끝났다고 괴로워하며 눈물 짓던 그때, 바로 그때 나는 당신에게 한없는 사랑을 느꼈습니다. 나는 그때 확실히 깨달았던 겁니다. 나스첸카, 그건 제 진정한 사랑이었습니다. ……그리고 그 사랑으로도 내가 당신에게 아무런 도움이 되지 않는다는 걸 알았을 때 내 가슴은 터질 것만 같았지요. ……나는 가만히 있을 수가 없었습니다. ……아아, 미안해요, 나스첸카. 이 마당에 내 마음을 모두 고백하지 않을 수 없었습니다."

"그래요. 그래요! 그렇게 죄다 말씀해 주세요."

나스첸카는 뭐라 형용할 수 없는 눈길로 말했다.

"제가 이런 말을 하는 게 이상할지도 몰라요. 하지만 제발 그렇게 다 말씀해 주세요. 저도 그럴게요. 저도 남김없이 모조리 이야기해 드릴게요."

"나스첸카, 당신은 나를 동정하고 있어요. 당신은 내가 가여워서 견딜 수가 없는 겁니다. 아아, 이젠 돌이킬 수가 없군요. 좋아요. 이제 됐습니다. 다 잘될 겁니다. ……나는 이렇게 생각했습니다. 불가능한 일이겠지만, 나스첸카. 나는 당신이…… 혹…… 어느 순간 그 사람을 사랑하지 않게 되지 않을까 하고…… 만일 그렇게 된다면 당신이 나를 사랑할 수 있도록 무슨 일이든지 하겠다고 생각했습니다.

나스첸카, 이제는 내가 좋아졌다고 해도 아무 상관이 없습니다. 그리고…… 그리고…… 아니 이것이 내가 하고 싶었던 말의 전부입니다. 남은 말이 있다면, 만약 당신도 나를 사랑하게 된다면 그때는 어떨까 하는, 다만 그것뿐입니다. 나는 정말 가난하고 평범한, 보잘것없는 사람이니까요. 아니, 이건 쓸데없는 말입니다.

나스첸카! 문제는 당신에 대한 사랑, 당신을 어떻게 사랑하느냐 하는 겁니다. 지금 당신이 그 사람을 사랑하고 있다면, 내가 알지 못하는 그 사람을 사랑하고 있다면, 아무튼 당신이 알아차리지 못하도록, 자칫 당신에게 부담을 주지 않도록 그런 사랑을 제가 해야 한다는 겁니다. 당신은 언젠가 내 곁에서 감사에 찬 심장의 고동소리를 느끼기만 하면 되는 겁니다. 감사에 찬 마음, 당신을 그리워하는 불타는 듯한 나의 마음……. 아아, 나스첸카! 당신은 왜 나를 이런 꼴로 만든 겁니까?"

"울지 마세요. 제발, 당신이 울면 저는……."

나스첸카는 손수건을 꺼내 눈물을 닦아 주며 말했다.

"자아, 이제 우리 일어나요. 제발 울지 말아요. 어쩌면 제가 당신께 할 말이 있을 것만 같아요. 그래요. 만약 정말 그분이 저를 버렸다면, 저를 잊어버렸다면, 저는 사실 그분을 깊이 사랑하고 있어요. 당신께 거짓말하고 싶지는 않아요. ……하지만 이 말에는 대답해 주셔야 해요. 만약…… 제가 당신을 사랑하게 된다면…… 아아, 이게 무슨 말이죠? 당신의 사랑을 비웃고, 당신이 나를 사랑하지 않았다 해서 당신을 칭찬도 했지만 모욕도 했는데……. 그걸 생각하면, 아아, 저는 왜 그렇게 바보였을까요? 어째서 그 마음을 알아채지 못했을까요? 하지만 좋아요. 전 결심했어요. 제 말을 들어 주세요."

"아닙니다, 나스첸카. 그만요. 난 당신을 떠나기로 했습니다. 그게 가장 현명한 방법이에요. 이대로는 당신만 괴롭히는 꼴이니까요. 당신이 나를 비웃었다고 해서 마음 아파하지 마세요. 제가 싫으니까요. 정말 싫습니다. 자신의 슬픔도 감당하기 어려운데, 또 그런 엉뚱한 일로 괴로워해야 한다면……. 제가 나빴어요, 나스첸카. 그럼 안녕히……."

"안 돼요. 제발, 조금만 더 기다려 주세요."

"뭘 기다려야 하나요? 뭘요?"

"그래요. 저는 그분을 사랑해요. 하지만 그 사랑은 금방 식어버릴 거예요. 그게 당연하죠. 식지 않을 리가 있나요? 이미 식어가고 있는걸요. 저는 그분을 원망하고 있으니까요. 당신은 여기서 저와 함께 울어 주셨는데, 그분은 저를 놀리고 있잖아요.

당신은 그분과는 전혀 달라요. 더군다나 당신은 저를 사랑하시잖아요. 그리고 저도 당신을 사랑해요. 그래요. 사랑해요. 당신이 저를 사랑하는 것처럼 저도 당신을 사랑해요. ……제가 당신을 좋아하는 건 당신이 그분보다 좋은 분이기 때문이에요. 그분보다 훌륭한 분이기 때문이에요. 그건…… 글쎄…… 그분은…….”

나스첸카는 너무나도 흥분한 나머지 말을 잇지 못하고 내 가슴에 머리를 묻으며 흐느끼기 시작했다.

아아, 사랑과 고통이 하나가 되어 내 가슴을 뜨거운 눈물로 적시고 있었다. 그녀는 한참이나 울음을 그치지 않았다. 그러다가 내 손을 꼭 쥔 채 다시 말했다.

“조금만 기다려 주세요. 당신께 꼭 하고 싶은 말이 있어요. ……제발 이상하게 생각진 마세요. 저는 마음이 너무 약해졌어요. 좀 가라앉을 때까지 기다려 주세요.”

백야

이윽고 그녀는 울음을 멈추었다. 우리는 다시 걷기 시작했다. 마음이 어느 정도 진정되었는지 그녀가 입을 열었다.

"이보세요."

떨리는 목소리였다. 하지만 그 음성에는 내 심장을 어루만지는 듯한 감미롭고 묘한 아픔이 담겨 있었다.

"저를 변덕스런 여자라고 생각진 마세요. 전 그렇게 쉽게 상대를 잊어버리고 배신할 수 있는 여자는 아니에요. ……전 꼬박 일년 동안 그분을 한결같이 사랑했어요. 하느님께 물어봐도 좋아요. 그런데 그분은 그런 저의 마음을 무시하고 희롱했어요. 제게 너무나도 큰 상처와 아픔을 주었어요.

그래요. 이젠 아무래도 좋아요. 저도 그런 사람을 사랑하고 싶진 않으니까요. 제가 사랑하는 사람은 마음이 넓고 저를 이해해 주는 분이어야 해요. 저 자신도 그렇다고 믿고 있으니까요.

……그러니까 제 말은 그분이 제 사랑을 받을 가치가 없는 사람이란 거예요. 그래요. 이젠 저도 모르겠어요. 오히려 잘됐어요. 나중에 배신당하는 것보다는 낫겠지요."

나스첸카는 내 손을 꼭 쥔 채 말을 계속했다.

"그래요. 어쩌면 제 사랑이란 처음부터 어설픈 감정이었거나 한낱 공상에 지나지 않았을지도 몰라요. 할머니에게 감시당하는 제 자신의 속박 때문에 어이없는 장난을 벌였던 걸 거예요. 제겐 그런 사람이 아니라 저를 가엾게 생각해 주는…… 다른…… 그리고…… 아, 아니에요. 이게 아니에요."

그녀는 스스로를 자제하지 못하고 숨찬 목소리로 이야기의 흐름을 바꿔 버렸다.

"맞아요. 제가 당신께 하고 싶은 말은…… 제가 그분을 사랑하고 있다…… 아니 사랑했었다…… 그래도 당신이…… 바로 당신의 사랑이 너무나도 커서, 결국 과거의 사랑을 제 가슴속에서 쫓아낼 수 있다고 생각하신다면, 만약 저를 측은하게 생각하신다면, 가련한 소녀를 아무런 위안이나 희망도 없는 운명 속에 버려두고 싶지 않으시다면, 맹세코…… 제 사랑은 머잖아 당신의 사랑을 받을 만한 가치가 있을 거라고 생각해요. ……그래도 당신은 제 손을 잡아 주실 수 있으세요?"

"나스첸카!"

나는 무서운 감동과 희열에 휩싸여 그녀의 이름을 불렀다.

"나스첸카! 오오, 나스첸카!"

"그래요. 저도 이제 모든 것을 다 말해 버렸어요. 그렇죠? 이제 당신이 행복하다면 저도 행복해요. 더 이상 아무런 할 말이 없어요. 잠시만, 잠시만 가만히 있어 줘요. ……아니, 무슨 이야기를 좀 해 주세요. 부탁이에요."

"그래요, 나스첸카. 그러고 말고요. 이 이야기는 이제 그만둡시다. 나는 지금 말할 수 없이 행복하니까, 나는……. 자, 나스첸카, 다른 이야기를 합시다. 우리 빨리 다른 이야기를 하도록 하지요."

하지만 우리는 이제 서로 무슨 이야기를 해야 할지 갈피를 잡지 못했다. 잠깐 동안 우리는 아무런 뜻도 없고 의미도 없는 이야기를 마구 지껄이면서 울고 웃었다. 보도를 걷다가는 갑자기 되돌아가기도 하고, 거리를 마구 가로지르기도 했다. 그 순간 우리 둘은 철없는 어린아이들이었다.

우리는 서로에 대한 신비스런 감정을 감당하기 위해 정신이 없었던 것이다. 사랑이란, 이렇게 불현듯 내게 다가온 사랑이란 세상의 모든 것들을 태초의 순진함으로 되돌려 놓는 것만 같았다.

한참을 걷다 보니 어느 정도 마음이 진정되었다. 이제 우리 앞에는 행복한 내일만이 있다. 그녀가 내게 손 내민 지금, 우리는 그 내일을 준비해야 하는 것이다. 나스첸카와 나는 둘이 함께할 미래의 이야기를 하기 시작했다. 사랑의 기쁨을 가슴에 부둥켜안은 채 나는 금방 진지한 표정이 되었다.

"나스첸카, 나는 지금 혼자 살고 있습니다. ……아시다시피 나는 가난해서 일 년에 1천 2백 루블밖에는 벌지 못하고 있습니다."

"그건 아무런 문제가 아니에요. 할머니에게 나오는 연금이 있으니까요. 우리를 곤란하게 하진 않을 거예요. 하지만 우린 할머니를 모셔야만 해요."

"물론이죠. ……다만 문제는 마트료나인데요."

"그렇군요. 우리도 표클라가 있어요."

"마트료나는 다 좋은데 상상력이 부족하지요."

"표클라도 마찬가지예요. 물론 그들을 함께 거느릴 수는 없는 일이에요. 우선 당신이 내일이라도 당장 우리 집으로 이사 오세요."

"뭐라고요? 당신 집으로! 좋습니다. 좋아요."

"그래요. 우리 집 방을 쓰세요. 최근까지 나이 많은 귀부인이 살았는데 이사가 버렸어요. 할머니는 젊은 사람이 들어왔으면 하시더군요. 저를 결혼시키려는 거지요. 말씀은 하지 않았지만 제가 눈치를 챘죠."

"아아, 나스첸카."

우리는 모처럼 유쾌하게 웃었다. 그러면서 나스첸카가 물었다.

"그런데 지금 살고 있는 집이 어디예요?"

"저기…… 다리 가까이의 바란니코프 씨 댁입니다."

"아, 그 엄청나게 큰 저택 말인가요?"

"그래요. 좀 크긴 하죠."

"좋은 집에서 사시는군요. 하지만 잊지 마세요. 되도록이면 빨리 저희 집으로 이사 오셔야 해요."

"내일이라도, 내일이라도 당장…… 방세가 좀 밀려 있긴 하지만, 뭐 별 문제는 없어요. 이제 곧 월급을 받게 될 테니까."

"어쩌면 전 가정교사를 하게 될지도 모르겠어요. 아이들의 공부를 돌봐 주면서 제 공부도 하려구요."

"참 좋은 생각이군요, 나스첸카."

"그럼 내일부터 당신은 우리 식구가 되는 거예요."

"그렇군요. 우리 함께 〈세빌리아의 이발사〉를 보러 갑시다. 곧 상연된다고 하더군요."

"네. 그래요. ……아뇨. 우리 다른 걸 보러 가요. 〈세빌리아의 이발사〉는 말고요."

"좋아요. 다른 것을 보러 가지요. 그렇게 하는 것이 좋겠군요. 깜박했습니다."

이런 대화를 나누면서 우리는 마취된 듯이 비틀거리며 걸어 다녔다. 우리가 지금 어디에 있는지도 느끼지 못할 정도였다. 걸음을 멈추고 한곳에서 오랫동안 지껄이다가 다시 비틀거리며 걷고, 문득 정신을 차리면 전혀 생경한 장소에 서 있기도 했다.

늦었다는 느낌이 들었는지 갑자기 나스첸카가 집에 돌아가야겠다고 했다. 나는 더 이상 그녀를 잡아 둘 용기가 나지 않았다. 그래서 집에 바래다주기 위해 함께 손을 잡고 걸어갔다.

15분쯤 걷다 보니 어느 틈엔가 강변의 그 벤치에 다다랐다. 그곳에 이르자 나스첸카는 엷은 한숨을 내뱉었다. 다시 눈에 눈물이

고였다. 나는 갑자기 어떤 두려움이 엄습하는 걸 느꼈다. 하지만 그건 잠시뿐이었다. 나스첸카는 내 손을 잡아끌면서 걸어가기 시작했다.

"이제 집에 돌아가야겠어요. 너무 늦은 것 같아요. 이제 이런 어린애 같은 짓은 그만해요."

"그래요, 나스첸카. 하지만 난 이 기분으론 도저히 잠이 들 것 같지 않군요."

"저도 마찬가지예요. 하지만 집까지 바래다주실 거죠?"

"물론이죠."

"이번에는 꼭 집까지 함께 가도록 해요."

"염려 마세요. 꼭 집까지……."

"정말이죠? ……언젠가는 저희 집에 오셔야 하니까요."

"약속합니다."

나는 웃으면서 대답했다.

"자, 그럼 갑시다."

"가요."

"저 하늘을 봐요. 나스첸카. 내일은 틀림없이 날씨가 좋을 것 같아요. 정말 푸른 하늘이군요. 달을 봐요. 그리고 저 노란 구름, 지금 막 달을 가리려고 하는군요. ……아, 달을 그만 지나치고 말았네요. 좀 보세요, 나스첸카!"

나스첸카는 하늘을 바라보고 있지 않았다. 그녀는 갑자기 입을 다물고 장승처럼 그 자리에 우뚝 멈춰 서 있었다. 그러더니 미묘한 표정으로 내게 몸을 바싹 붙여 왔다.

그녀의 작은 손이 내 손 안에서 파르르 떨리고 있었다. 나는 의혹에 싸인 눈으로 그녀의 얼굴을 바라보았다. 그러자 그녀는 더욱 내게 몸을 붙여 왔다.

그 순간 한 청년이 우리들 곁을 지나쳤다. 문득 그는 걸음을 멈추고 우리들을 바라보더니 고개를 갸웃하면서 다시 몇 발짝을 내디뎠다. 내 가슴이 갑자기 뛰기 시작했다.

"나스첸카!"

나는 낮은 목소리로 물었다.

"저 사람이 누구죠, 나스첸카?"

"그분이에요."

나스첸카는 속삭이듯 대답하곤 내게 꼭 달라붙었다. 그때 뒤에서 그의 목소리가 들려왔다.

"아, 나스첸카! 나스첸카! 역시 당신이었군요."

아아, 그 나스첸카를 부르는 소리…… 무섭도록 떨리는 그녀의 몸! 순간 내 손을 떨쳐 버리고 빛살처럼 그 사람에게 달려가는 나스첸카, 아아, 나스첸카.

나는 무엇에 얻어맞은 듯 미동도 못하고 맥없이 두 사람의 상봉을 바라볼 수밖에 없었다. 그에게 손을 내밀고 포옹하려 말고 그녀는 또 돌아서선 눈 깜짝할 사이에 바람같이 내 곁으로 돌아왔

다. 그리곤 어쩔 줄 몰라 하는 나를…… 아아, 그녀는 두 팔로 내 목을 꼭 휘감고는 열정적으로, 정말 숨이 막혀 버릴 것만 같은 키스를 퍼부었다. 그러고 나선 아무런 말도 없이 또 그에게로 달려가는 것이었다.

나는 오랫동안 그 자리에 우뚝 서서 손을 꼭 부여잡고 걸어가는 두 사람의 뒷모습을 응시했다. ……이윽고 두 사람은 이슥한 건물 저편으로 사라져 버렸다.

사랑을 위한 독백

아침. 아아, 며칠 밤을 새운 뒤 맞이하는 암흑의 아침처럼 창밖에는 비가 추적추적 내리고 있었다. 방 안은 내 마음처럼 어두워서, 다가온 아침을 애써 외면하고 있는 듯했다.

갑자기 내 머리맡에서 마트료나가 소리쳤다.

"주인님, 일어나세요. 편지가 왔어요."

"편지라고! 누구에게서?"

"글쎄요. 주인님께서 살펴보세요."

나는 서둘러 편지를 뜯었다. 나스첸카였다. 그녀는 첫머리부터 '용서해 주세요. 부디 저를 용서해 주세요.' 라고 쓰고 있었다. 편지지에 그녀의 눈물이 묻어 있는 것만 같아 가슴이 일렁였다.

　　무릎을 꿇고 용서를 빕니다. 제발 저를 용서해 주세요. 저는
　　당신도, 제 자신도 속이고 있었던 거예요. 아아, 당신을 생각하

면 가슴이 터질 것만 같아요.

제발 저를 원망하지 말아 주세요. 저는 당신을 배반하지 않아요. 당신을 계속 사랑하겠다고 했잖아요. 제 마음은 지금도 변하지 않았답니다. 저는 당신을 사랑합니다. 아니 그 정도가 아니에요. 아아, 당신과 그분 두 사람을 동시에 사랑할 수 있다면! 아아, 차라리 당신이 그분이었다면…….

'아아, 차라리 당신이 그분이었다면…….' 하는 글귀가 그녀의 목소리가 되어 내 머리를 때렸다.

하느님께 맹세해요. 저는 당신을 위해서라면 어떤 고통도 감사히 받겠습니다. 당신이 지금 얼마나 괴로운지 짐작할 수 있어요. 바로 제가 당신을 모욕했으니까요. 하지만 저는 알아요. 사랑한다면 모욕당한 것을 언제까지나 기억하진 않으니까요. 당신은 저를 사랑하고 계시니까요.

그래요. 그 사랑에 저는 감사해요. 당신의 그 한없는 사랑은, 잠을 깨고 난 뒤에도 살풋한 꿈처럼 제 기억에 영롱하게 아로새겨져 있어요. 당신이 제게 마음을 열어 주셨던 그 순간, 그리고 슬픔에 짓눌린 제 마음을 위로해 주고, 그 상처에 사랑을 부어 주신 순간을 저는 영원히 잊지 못할 거예요.

저를 용서해 주시리라 믿어요. 그 믿음이 제 마음 속에 당신의 기억, 당신과의 추억을 뚜렷하게 새겨 놓았으니까요. 그 사랑을 배신하는 짓은 절대로 하지 않겠어요. 제 마음은 변치 않을 거예요. 그 때문에 어젯밤 그토록 빨리, 그것이 영원히 속해 있는 사람에게로 되돌아간 걸 거예요.

우리는 다시 만나야 해요. 당신이 우리에게 와 주실 수 있겠죠? 당신은 절대 우리를 외면하진 않으실 거예요. 왜냐구요? 당신은 제 영원한 친구이며 오빠인걸요.

저를 만나면 손을 내밀어 주세요. 제발 그렇게 해 주세요. 당신은 틀림없이 그래주실 거예요. 저를 용서해 주시리라 믿고 있거든요. 저를 전과 같이 사랑해 주시리라 믿고 있어요.

아아, 제발 저를 사랑해 주세요. 저를 버리지 말아 주세요. 저는 이 순간에도 이토록 당신을 사랑하고 있고, 그만한 가치가 있답니다. 제가 그 사랑에 보답할게요.

저는 다음 주에 그분과 결혼한답니다. 그분은 다시금 사랑하는 사람으로 제게 돌아왔어요. 그분은 저를 잊었던 것이 아니었어요. 그분 이야기를 썼다고 화를 내지는 않겠죠? 그분과 함께 당신을 만나고 싶어요. 당신은 틀림없이 그분을 좋아하게 될 거예요. 제발 우리 두 사람을 용서해 주세요. 언제까지나 잊지 마시고, 이 불쌍한 나스첸카를 사랑해 주세요.

　　　　　　　　　　　　　　　　　　　- 당신의 나스첸카

나는 몇 번이고 편지를 되풀이해서 읽었다. 눈물이 나왔다. 아아, 나스첸카. 나스첸카. 나는 복받치는 슬픔에 두 손으로 얼굴을 감쌌다.

　"주인님! 주인님!"

　마트료나가 나를 다시 불렀다.

　"……왜 그래요?"

　"천장에 달라붙어 있던 거미줄을 깨끗하게 걷어 버렸어요. 주인님, 이제 언제든지 결혼하셔도 되겠어요. 손님들을 초대해도 걱정이 없다고요."

　나는 마트료나의 얼굴을 바라보았다. 늙었지만 아직 건강한 얼굴이었다. 하지만 내 눈에는 생기 없는 주름투성이의 형편없는 노파처럼 보였다.

　내 방도 그녀와 마찬가지였다. 벽이나 마루도 갑자기 빛이 바래고 희끄무레한 색깔로 변했으며, 천장은 여전히 거미줄투성이인 것만 같았다.

　문득 창 밖을 내다보았다. 건너편에 있는 집도 오래되어 금방이라도 쓰러질 것 같았다. 둥근 기둥의 회색 칠은 벗겨져 너저분해지고, 산뜻한 노란 벽면은 무참하게 얼룩져 보였다.

　먹구름 속에서 살그머니 얼굴을 내밀었던 햇살이 비구름 속으로 숨어 버렸기 때문일까? 아니다. 아니다. 분명 나의 눈앞에 펼쳐졌던 슬프고 낯선 미래의 한 장면이 스쳐 지나갔기 때문일 것이다.

　그것은 바로 15년 후의 늙어빠진 내가, 역시 이 방에서 허리가

꼬부라지고 조금도 영리해지지 않은 늙은 하녀와 둘이서 쓸쓸하게 살고 있을, 지금과 똑같은 내 모습을 보았기 때문일지도 모른다.

하지만 나스첸카, 내가 모욕당한 것을 언제까지나 잊지 않고 원망할 것이라고 생각하는가? 그대의 밝고 아늑하며 조용하고 행복한 결혼 생활에 먹구름을 몰고 갈 것이라고 생각하는가?

심한 원망의 말을 소낙비처럼 퍼부어 그대를 슬픔에 잠기게 하고, 남모를 양심의 가책으로 가슴을 멍들게 하고, 그지없이 기쁜 순간에 참혹한 우수에 잠기게 할 것이라고 생각하는가?

그 사람과 나란히 제단을 향해 걸어갈 때 당신의 그 검은 머리에 꽂힌 가련한 꽃을 한 송이라도 짓뭉개 놓을 것이라고 생각하는가?

아니다. 아니다. 결코 그런 일은 있을 수 없다. 사랑하는 나스첸카, 나의 마음을 의심하지 말라. 당신 마음속의 하늘이 언제까지나 높고 푸르기를, 당신의 아름다운 미소가 언제까지나 아늑하게 지속되기를 그리고 더없는 기쁨과 행복의 순간에 하느님의 은총이 함께하기를.

그것은 당신이 다른 한 사람의 고독과 감사에 넘치는 마음에 건네주는 행복이기도 한 것이다. 아아! 더없는 기쁨의 완전한 순간이여. 인간의 기나긴 삶에 있어서, 그것은 결코 부족함이 없는 한순간이 아니겠는가.

착한 영혼

회 상

오, 그녀가 아직 여기에 누워 있는 동안은 모든 것이 예전과 다름없다. 나는 거의 일 분마다 방으로 들어가 그녀를 바라본다. 하지만 내일이면 사람들이 그녀를 데리고 갈 것이다. 그녀가 떠나고 나면 나 혼자 외로워서 어떻게 살지?

지금 그녀는 객실의 탁자 위에 깊이 잠든 듯 누워 있다. 사람들이 카드놀이용 탁자 두 개를 붙여 만든 것이다. 내일이면 이곳으로 그녀의 영원한 안식처인 관이 들어올 것이다.

나는 마음을 다잡지 못하고 여기저기 서성대면서 이 엄연한 현실을 내 자신에게 설명해 보려고 애썼다. 여섯 시간 동안이나 이해해 보려고 노력했지만, 나는 아직도 이 불행한 일의 대체적인 윤곽도 잡지 못하고 있다. 나는 또다시 이리저리 서성였다.

사실…… 그 일은 이렇게 일어났다. 우선 이 사실을 단순하게 순서대로 말해 보자. 순서대로만 말이다!

그녀는 물건을 저당 잡히기 위해 종종 나를 찾아왔다. 그건 단지 가정교사 자리를 얻으려고 《보이스》지에 광고를 낼 생각이었는데 그 비용을 마련하기 위해서였다.

처음에는 그렇게 시작되었다. 물론 나 또한 그녀를 다른 사람과 다르게 생각해 본 적은 없었다. '저 여자가 또 왔군.' 하는 정도였다. 그러나 얼마 지나지 않아 나는 그녀에게서 다른 사람들과는 색다른, 어떤 모습을 보게 되었다.

그녀는 아주 가냘픈데다 바짝 마른 몸매였지만 키는 좀 큰 편이었다. 그녀는 나를 보면 언제나 어색한 표정을 지었다. 그리고 돈을 받으면 금방 돌아서서 나가 버리곤 했다. 특별히 하는 말도 없었다.

다른 여자들은 돈을 더 달라고 떼를 쓰거나 나와 입씨름을 벌이며 값을 흥정하곤 했다. 하지만 이 여자는 내가 제시하는 금액 이상을 절대로 요구하지 않았다. 당시 나는 그녀의 이러한 행동을 선뜻 이해하지 못해 어리둥절해하곤 했다.

나는 그녀가 가져온 물건을 보고 깜짝 놀랐다. 그것들은 금박을 입히긴 했지만 형편없이 초라한 작은 귀걸이, 쓰레기나 다름없는 액자 따위였다. 돈으로 계산해 보면 6펜스짜리로도 쳐줄 수 없는 그런 물건들이었다.

물론 그녀도 그 물건들이 싸구려라는 것을 잘 알고 있는 듯이 보였다. 하지만 나는 그녀의 표정을 보고서 그것들이 그녀에게는 아주 소중한 보물임을 짐작할 수 있었다. 나중에 안 사실이지만,

그것들은 모두 그녀의 부모가 남긴 유산이었다.

나는 그걸 보고 처음에는 코웃음을 쳤다. 원래 나는 손님을 비웃는 따위의 행동은 하지 않는 사람이다. 언제나 손님들에게 신사다운 어조로 직업적인 말 몇 마디를 덧붙일 뿐이었다. 점잖고도 매정하게.

그녀는 창피를 무릅쓰고 그녀의 병마 같은 옷, 자세히 말하자면 고인들이 유산으로 남긴 밝은 산토끼 가죽 재킷 한 벌을 가져왔다. 그때 나는 농담이든 뭐든 한마디 하지 않고는 못 배길 심정이었다.

"이런, 제기랄!"

그런 상황에서 내가 이렇게 한마디 던졌다고 해도, 그녀가 발끈 화를 낼 수는 없으리라 여겼다. 그만큼 그녀의 두 눈은 크고 푸르렀으며 쓸쓸해 보였다. 그런데 내가 조소를 던지자 의외로 그녀의 눈동자에서는 분노의 불길이 타올랐다. 하지만 그녀는 끝내 한마디도 입 밖에 내지 않았다. 다만 자신의 물건을 집어 들고는 밖으로 또박또박 걸어 나갔던 것이다.

내가 그녀를 특이하다고 인식하게 된 것은 그때가 처음이었다. 나는 그녀의 성격에 대해 다시 생각해 보기로 했다. 그녀의 독특한 성격에 대해서 말이다.

내가 기억하기로는 인상적인 점이 또 한 가지 있다. 그것은 바로 그녀가 너무나 어리다는 것이다. 실제로 그녀는 열네 살밖에 안 된 것처럼 앳돼 보였는데, 실제로도 열여섯 살하고 석 달이 채 안 된 어린 처녀였다.

그렇게 돌아간 다음날, 그녀는 다시 나를 찾아왔다. 뒤늦게 안 일이지만, 그녀는 그 재킷을 들고 도부론라포프의 전당포와 모제르의 전당포에 찾아갔었다. 하지만 그들 역시 황금 이외에 다른 물건은 거들떠보지도 않았으므로, 그녀는 말 한마디 던져 보지도 못하고 물러나온 것이었다.

언젠가 나는 그녀에게 돌을 몇 개 받고 돈을 빌려준 적이 있다. 나중에 그것을 찬찬히 살펴보면서 나는 소스라치게 놀랐다. 나 역시 금이나 은 같은 것만을 저당잡곤 했는데, 그때는 아무 쓸모없는 돌을 받고 돈을 빌려주었던 것이다.

모제르의 전당포에 들렀던 그녀가 다시 내게 왔을 때, 그녀의 손에는 귀중한 호박으로 된 시거 통이 들려 있었다. 그 시거 통은 골동품 감정가들이 눈여겨볼 만한 물건이었다. 상태도 그렇게 나쁘지 않다. 하지만 그것 역시 우리 같은 전당포 주인들에게는 아무런 가치가 없는 것이었다. 우리들에게는 그저 황금이 최고였다.

시거 통을 저당 잡히러 온 날, 나는 그녀를 엄격하게 대했다. 왜냐하면 그날은 그녀의 '반란그녀의 눈 속에 활활 타오르던 분노를 나는 그렇게 표현한다' 이 있고 난 다음날이었기 때문이다.

내가 엄격하게 대했다는 것은 무미건조한 태도를 취했다는 뜻이다. 그러나 나는 결국 그녀에게 2루블을 빌려주기로 했다. 뭔가에 홀린 듯 그런 결정을 내렸으면서도 나는 분노가 치밀어 올라 이렇게 내뱉고 말았다.

"이건 아가씨를 봐서 그냥 맡아 주는 거야. 모제르라면 이런 물건 따윈 절대로 받지 않는다고!"

그때 나는 '아가씨를 봐서'란 말을 특히 강조했다. 그 말 속에 뭔가 특별한 암시라도 있다는 듯이……. 그러고 나서도 나는 불쾌하고 심술궂은 기분을 떨쳐 버릴 수 없었다.

그녀의 눈은 다시 한 번 노여움으로 불타올랐지만 한마디도 하지 않았다. 그녀는 마치 어떠한 수모라도 다 견뎌 내겠다는 표정으로 입을 앙다물고 내가 건네준 돈을 꼭 움켜쥐고 있을 뿐이었다.

'아, 이게 바로 가난이란 거로구나!'

그제야 나는 그녀가 얼마나 절박한 처지에 놓여 있는지를 깨닫게 되었고, 더불어 내가 그녀를 몹시 괴롭혔다는 사실을 알게 되었다. 그녀가 시야에서 사라진 뒤, 나는 느닷없이 그녀에 대한 나의 승리가 과연 2루블만큼의 가치가 있는지 자문해 보았다.

"허허!"

나는 웃음을 흘리면서 스스로에게 두 번씩이나 연거푸 물어보았다.

'그게 그럴 만한 가치가 있었을까? 그게 그럴 만한 가치가 있었느냐 말이야?'

대답은 예스였다. 그러자 몹시 기분이 좋아졌을 뿐 아니라 의기양양해지기까지 했다. 그녀를 곯려 주고 싶은 생각은 추호도 없었다. 다만 의도적으로, 그리고 어떤 동기에 의해 그렇게 말했을 뿐이다.

다시 말하자면, 나는 그녀를 테스트해 보고 싶었던 것이다. 왜냐하면 곤경에 처한 여자를 대하면서 불현듯 마음속에서 여태까지 한 번도 겪어 보지 않았던 어떤 동요가 일어났기 때문이다. 내가 그녀를 특별하게 생각한 것은 그때가 세 번째였다.

바로 이때부터 모든 이야기가 시작된다.

물론 나는 그 일이 있은 직후, 그녀의 주변 환경을 간접적이나마 한번 살펴보기로 마음먹었다. 그래서 다른 때와는 달리 유별난 인내심을 가지고 그녀가 오기를 기다렸다. 물론 얼마 지나지 않아서 그녀가 다시 찾아오리라는 예감도 있었다.

과연 예상대로 그녀가 왔을 때 나는 여느 때와는 달리 친절한 태도로 그녀를 맞아들였다. 그러고는 예의를 갖추어 그녀와 대화를 나누기 시작했다. 그동안 받은 교육만으로도 나는 그녀 앞에서 충분히 신사처럼 보일 자신이 있었다.

"흠……."

그녀의 마음씨가 착하고 온순할 것이라는 나의 예상은 빗나가지 않았다. 그런 사람들은 원래 상대방에 대한 악감정을 오랫동안 품고 있지 않는 법이다. 또한 자신의 약점을 쉽게 드러내지도 않는다. 그렇다고 대화를 거절한다거나 자신을 위장하기 위해 거짓말을 늘어놓지도 않는다. 다시 말해서 그들은 대답에 인색하긴 하지만, 그 짧은 말 속에 수많은 진실을 담아 두곤 하는 것이다.

그녀의 커다란 눈동자는 여전히 푸르고 쓸쓸해 보였다. 하지만 그 안에 서려 있던 나에 대한 적개심은 이미 사라지고 없었다. 그리고 그녀는 내가 이끄는 대화에 조금씩 관심을 기울이기 시작했다.

그녀는 자신이 가져온 물건에 대해 설명을 늘어놓지도 않았다. 그리고 《보이스》지나 훗날 내가 알게 된 모든 사실에 대해서도 별다르게 언급하지 않았다. 이런 그녀의 모습이 처음에는 좀 건방져 보이긴 했다. 하지만 당시 그녀는 광고에 대한 자신의 마지막 노력을 쏟아 붓느라 정신적인 여유가 없었다. 처음에 《보이스》지에 실린 광고는 다음과 같았다.

'여자 가정교사. 언제든지 시작할 수 있음. 연락 주시는 대로 요구 조건을 제시할 것임.'

그 광고는 얼마 지나지 않아 이렇게 바뀌었다.

'가르치는 일이나 동료가 되어 주는 일, 가정부, 부상자를 돌보는 일, 간단한 바느질 등 어떠한 일이든 기꺼이 할 준비가 되어 있음.'

그것은 광고란에서 흔히 볼 수 있는 평범한 문구였다. 물론 그 내용은 한꺼번에 제시된 것이 아니라 시간이 지남에 따라 조금씩 추가되었던 것들이다. 그러나 아무런 연락이 없었다. 결국 그녀는 절망한 나머지 다음과 같은 문구로 바꿔야만 했다.

'무보수. 숙식 제공만을 원함.'

이 최후의 안간힘에도 불구하고 그녀는 어느 곳에서도 일자리를 구하지 못했다.

그날 나는 그녀를 한 번 더 테스트해 보기로 마음먹었다. 그래서 불쑥 그날의 《보이스》지를 펼친 뒤 다음과 같은 광고 문안을 찾아 그녀에게 보여 주었다.

'젊고 건강함. 친구나 친척 없음. 여자 가정교사로서 중년의 미망인 가정에서 어린애들을 가르치는 일거리를 구함. 같이 있으면 위로가 될 것임.'

나는 그녀에게 말했다.

"이것 좀 봐. 이 여자가 어떻게 광고를 냈는지 말야. 저녁때쯤이면 이 여자는 분명히 일자리를 구할 수 있을 거야. 이런 문구라야 사람들의 눈에 쏙 들어가는 법이라고."

그러자 그녀의 얼굴은 순식간에 진홍색으로 물들었다. 그리고 눈빛이 또다시 장작불처럼 이글이글 타올랐다. 하지만 예전과 마찬가지로 그녀는 한마디 말도 없이 밖으로 나가 버렸다.

나는 아주 만족스러웠다. 모든 의문점이 한꺼번에 해소된 듯한 느낌이었다. 나는 그녀가 착하고 온순할 뿐만 아니라, 참을성 또한 대단한 여자임을 분명히 알게 되었던 것이다.

내 예상이 틀리지 않다면, 이제 그녀가 물건을 맡길 만한 곳은 아무 데도 없었다. 뿐만 아니라 더 이상 가져올 물건조차 없는 게 분명했다.

그런데 예상과는 달리 이틀 후에 그녀는 몹시 창백한 얼굴로 머뭇거리며 가게 문을 밀고 들어섰다. 나는 단번에 그녀의 신상에 무슨 일이 생겼음을 알 수 있었다. 뭔가 심상치 않은 일이 벌어진 것이다.

그때 무슨 일이 일어났는지 설명을 해야겠다. 하지만 나는 우선 그녀가 가게를 들어서며 망설일 수밖에 없었던 이유를 설명하고 싶다.

놀랍게도 그녀가 내게 가지고 온 물건은 성화상聖畵像이었다. 세상에, 성상을! 그것도 그녀가 직접 가지고 와서 저당 잡히려 하다니!

그건 바로 아기 예수를 안고 있는 성모 마리아의 성상이었는데, 유행에 뒤떨어졌을 뿐만 아니라 몹시 보잘것없는 것이었다. 그러나 그것을 담은 액자는 은도금이 되어 있어, 적어도 6루블 정도의 가치는 있어 보였다. 하지만 나는 그 성화상이 그녀에게 대단히 귀중한 것임을 한눈에 알 수 있었다.

그녀는 액자를 포함해서 성화상 전체를 저당 잡히려 했지만 나는 이렇게 말렸다.

"그림은 액자에서 끄집어내 다시 집으로 가져가는 게 좋을 거야. 그런 건 저당 잡히는 물건이 아니니까."

"왜죠? 성화상은 금지되어 있기라도 하나요?"

"그건 아냐, 그렇지만 아무래도……."

"좋아요. 그럼 성화상은 빼세요."

"아가씨에게 말하고 싶은 건 말이지, 내가 직접 그것을 끄집어내고 싶지는 않다는 거야."

문득 나는 말을 멈추고 그녀의 얼굴을 바라보았다. 그녀는 입술을 깨문 채 노여운 눈빛으로 나를 바라보았다. 그 바람에 내 마음도 순간적으로 바뀌고 말았다.

"좋아, 정 그러고 싶다면 이 작은 등불 아래 두도록 해. 그리고 10루블은 그냥 받아 가도록 하고."

"10루블은 필요가 없어요. 5루블만 주세요. 전 반드시 그것을 되찾아 갈 테니까요."

"10루블이 필요치 않단 말야? 성화상은 충분히 그만한 가치가 나가는데?"

나는 비꼬듯이 말하며 그녀를 응시했다. 그녀의 눈이 다시 활활 불타오르고 있었다. 그녀는 더 이상 아무 말도 하지 않았다. 나는 금고에서 5루블을 끄집어내며 다시 입을 열었다.

"사람을 그런 식으로 증오해서는 안 돼. 나도 엄청난 곤경에 처한 적이 있었지. 그리고 더욱 고통스러운 것은 여기서 이런 관계로 아가씨를 만나게 되었다는 것이고……. 내가 전당포 주인이 된 것도 다 그만한 이유가 있었던 거야."

"당신은 지금 세상에 대해 복수를 하고 있는 거죠? 그렇죠?"

그녀가 갑자기 내 말을 가로막으며 소리쳤다. 나는 그녀의 이런 태도가 지극히 순수한 마음에서 비롯되었다는 것을 알고 있었으므로 화를 내지는 않았다.

사실 그녀의 말에 악의는 없었다. 당시 그녀는 나 같은 직업을 가진 사람들은, 대개 같은 방식으로 삶을 살아가고 있을 것이라고 생각한 것이 분명했다. 다시 말하자면, 그중의 어떤 사람은 전혀 다른 삶을 살아갈 수도 있다는 사실을, 그녀는 이해하지 못한 것이었다.

'아하!'

나는 마음속으로 감탄할 수밖에 없었다.

'바로 그게 너의 참모습이야. 넌 좋은 성품을 지니고 있어. 정말로 착한 영혼을 지니고 있다고.'

나는 기쁜 마음으로 그녀의 얼굴을 들여다보았다.

"아가씨는 잘 모르는군!"

나는 농담 반 진담 반, 즉 애매모호한 말로 그녀의 물음에 대답했다.

"난 말이야, 악을 행하려고 하면서도 실제로는 선을 행하는, 완전한 분의 일부에 속하길 원해."

내 말에 그녀는 즉각적인 반응을 보였다. 과연 그녀는 호기심이 가득한 눈길로 나를 바라보았다.

"잠깐만요. 그게 무슨 사상이죠? 그리고 그 말은 어디서 나온 거죠? 어디선가 들어 본 것 같은데……."

"아가씨의 머릿속을 복잡하게 만들지 않도록 해. 그건 메피스토펠레스가 파우스트에게 자신을 소개할 때 한 말이야. 파우스트를 읽어 보았나?"

"아뇨. 관심은 가지고 있었지만, 아녜요."

"그렇군, 아가씬 아직 그것을 읽어 본 적이 없군 그래. 그 책은 반드시 읽어 봐야 해. 그런데 또 아이러니컬한 표정을 짓는군. 내가 메피스토펠레스를 인용한 건 아가씨에게 좋은 인상을 주기 위해서가 아냐. 또 전당포 주인인 나를 미화시킬 목적에서 이런 말을 했다고도 생각하지 마. 전당포 주인은 역시 전당포 주인에 지나지 않는 법이지. 아가씨가 알고 있는 그대로란 말이야."

하지만 나는 솔직히 그녀가 나에 대해 품고 있는 좋지 못한 인상이 바뀌길 바랐다. 그리고 그 기대는 내 말이 끝나자마자 거의 이루어진 것 같았다. 그녀의 얼굴 표정에서 그것을 알 수 있었다. 그녀는 기쁜 일이라도 생긴 것처럼 나를 바라보며 미소 지었던 것이다.

'저는 당신이 교육받은 사람이리라곤 전혀 생각지 못했어요.'

그녀는 마치 이렇게 말하는 것 같았다.

"자, 날 봐."

나는 그녀를 마주 바라보면서 말했다.

"어떤 직업을 갖고 있든지 간에 사람은 착한 일을 할 수 있어. 물론 나 자신을 두고 하는 말은 아니지만 말이야. 가령 내가 나쁜 짓만 골라서 한다고 쳐. 그렇다 하더라도……."

"물론 그렇고말고요. 어떠한 위치에 있든지 착한 일을 할 수 있어요."

그녀는 재빨리 나를 훑어보면서 의미심장하게 말했다.

"맞아요. 어떠한 처지에 있든지……."

그녀는 뭔가 대단한 것이라도 발견한 듯 들뜬 표정이었다.

오! 나는 지금 그걸 기억하고 있다.

그때의 모든 순간을 모조리……. 그토록 깜찍한 모습, 그토록 귀여운 그녀의 모습을 말이다. 게다가 그녀는 어떤, 대단히 현명하고 심오한 것을 말하려고 할 때면 참으로 진실되고, 참으로 순진한 표정을 짓곤 했다.

그런 가식 없는 표정은 나같이 허영심 있는 사람에게선 전혀 기대할 수 없는 것이었다. 그녀는 정말로 착한 것을 올바르게 평가할 줄 아는 여자였으며, 그것을 행동으로 옮기기 위해 누구보다도 많은 생각을 할 줄 아는 여자였다.

오, 진실함! 우리를 안도할 수 있게 만들고 화평케 하는 것은 바로 이런 진실함을 통해서였다. 이런 진실함으로 가득 찬 그녀는, 세상의 그 어떤 여자와도 비교할 수 없을 만큼 아름다웠다.

내가 기억하는 한, 그날 내게 드러내 보인 그녀의 진실한 면을 조금도 의심해 본 적이 없다. 그녀가 돌아가자마자 난 모종의 결심을 하였고, 곧 실행에 옮겼다.

바로 그날부터 나는 그녀가 처해 있는 환경에 대해 하나도 빠짐없이 다 조사했다. 그 덕분에 나는 그녀에 관한 모든 것을 알 수 있게 되었다.

나는 그 집의 하녀인 루케리야를 매수해 그녀의 지난 내력까지도 들을 수 있었다. 그 결과 그녀는 정말로 엄청난 곤경에 처해 있음을 알게 되었다.

그런 상황에서 어떻게 그렇게 웃을 수 있었는지, 또 메피스토펠레스를 이야기했을 때, 그처럼 관심을 기울일 수 있었는지 도무지 이해가 되지 않았다. 당시 그녀가 처한 상황은 그만큼 지독했던 것이다.

도대체 무엇이 그런 환경 속에서도 그녀를 지탱할 수 있도록 만들었을까?

단언하건대, 그 이유 중 하나는 그녀가 지닌 풋풋한 젊음이었다. 게다가 열여섯 살, 그녀의 젊음 속에는 위대하고 착한 영혼이 깃들어 있었던 것이다.

하지만 그 젊음이 당시 그녀가 처해 있던 곤경이나 외로움을 한꺼번에 덜어내 줄 수 있었던 것은 아니었다. 그때의 곤경이 그녀를 언제 쓰러뜨릴지, 그리고 그녀의 젊음 속에 언제까지 착한 영혼이 머물러 있을지는 아무도 장담할 수 없는 일이었다.

고백하건대, 당시 나는 그런 그녀의 외로움을 덜어 주어야 한다는 어떤 의무감을 갖게 되었다. 그때 나는 이미 그녀를 나의 여인으로 여기고 있었으며, 그것을 성취할 수 있는 능력이 내게 있다는 사실에 추호의 의심도 품지 않았다. 그것이 설사 육욕에 빠진, 관능적인 상상일지라도⋯⋯.

그런데 오늘, 이 잘못된 상황은 무엇 때문일까? 애당초 그런 나의 상상이 잘못되었던 것일까? 문제는 그것이 아닌데. 오, 하느님! 맙소사!

청혼

이제 그녀에 대해 알아낸 '상세한 내막'을 설명해 보겠다.

아버지와 어머니는 3년 전에 돌아가셨으며, 그후 그녀는 평판이 좋지 않은 두 사람의 숙모에게 떠맡겨졌다. 그들을 평판이 좋지 않다는 말로 표현하기에는 너무 빈약하지만 말이다.

한 숙모는 여섯 명의 아이들을 거느린 과부였고, 다른 숙모는 그 집안에서 허드렛일을 거들어 주며 하녀를 자처하는 여자였다. 아무튼 둘 다 무시무시한 사람들이었다.

그녀의 아버지는 공직에 있었지만, 직급이 낮은 서기에 불과했다. 하지만 살아 있는 동안 예의바른 신사라는 평판이 자자했다.

사실 이 모든 상황은 나의 구미에 꼭 들어맞았다. 비록 이런 처지에 있긴 하지만, 그래도 나는 상당히 높은 계급 출신이다. 어쨌거나 나는 용맹스러운 연대의 퇴역 장교였으며 귀족 신분이었다. 그녀의 집안과 비교해 본다면 그럴듯한 배경을 가지고 있는 편이었다. 하지만 그녀의 숙모들은 내 배경 따위에는 관심이 없었다. 그들은 오직 내가 운영하는 전당포에만 구미가 당겼을 뿐이었다.

그녀는 3년 동안 숙모 집에서 노예와 다를 바 없는 생활을 하며 살아왔다. 당시 예비 교사 시험을 간신히 통과했던 그녀는 매일같이 심한 노동에 시달리고 있었다. 그녀는 몸이 점점 수척해지는 가운데서도 시험공부를 했다. 그것은 오로지 좀더 높고, 좀더 나은 삶을 추구하고자 했던 그녀의 절박한 심정 때문이었다.

처음에 그녀는 숙모의 아이들을 가르쳤고, 옷도 만들어 주었다. 그러다 시간이 지나자 사촌들의 빨래를 도맡아 했을 뿐만 아니라, 넓은 마루와 집 안 구석구석을 걸레질해야만 했다. 그 연약한 몸으로······.

그뿐만이 아니었다. 숙모의 식구들은 종종 여러 가지 이유를 들어 그녀를 두들겨 패기까지 했다. 그리고 마지막에는 교활하게도 그녀를 팔아 버리고 말았던 것이다.

앞서도 말했지만, 내가 매수한 하녀 루케리야는 그런 사실들을 빠짐없이 내게 알려 주었다. 그리고 당시 이웃에 사는 어떤 남자가 그녀에게 잔뜩 눈독을 들이고 있다는 정보까지도 말해 주었다.

그 남자는 식료품 가게를 두 개 가지고 있는 비대한 몸집의 사나이였다. 그에게는 이미 두 명의 아내가 있었는데, 난폭하게 다루는 바람에 모두 도망치고 말았다. 그래서 세 번째 마누라가 필요했다. 그 남자는 벌써 일 년째 그녀를 눈여겨보고 있는 중이었다.

"그녀는 조용한 여자야. 비록 가난하게 자랐지만, 어미 없는 아이들을 생각해서라도 그녀와 결혼해야겠어."

루케리야는 직접 들었다며 그 남자의 말을 전해 주었다. 실제로 그에게는 아이들이 있었고, 나이도 쉰 살이나 되었다. 때문에 그는 그녀의 숙모들과 적당한 값으로 흥정을 하고 있는 중이었다.

이런 사실을 전해 들은 그녀는 기겁을 했다. 그녀가 《보이스》지에 광고를 내기 위해 나를 자주 찾아왔던 때가 바로 그 무렵이었다. 그녀는 숙모들에게 그 문제에 대해 조금만 더 시간을 달라고 간청했다. 숙모들은 그러마고 약속했지만, 언제까지나 방치해 두진 않았다. 그들은 조금이라도 시간을 앞당기기 위해 그녀를 윽박질렀다.

"입을 하나라도 줄이는 게 어디냐? 우리가 어디 가서 그만한 호구책을 찾을 수 있겠니?"

이미 이런 일들을 모두 알게 된 나는 바로 그날, 그녀가 가게를 나간 뒤 곧바로 결심한 것을 행동으로 옮겼다.

그날 저녁 그 식료품 가게 주인은 과자를 한아름 싸들고 그녀를 찾아갔다. 물론 그것은 환심을 사려는 의도였다. 내가 찾아갔을 때 두 사람은 거실에 앉아 이야기를 나누고 있었다. 아니, 이야기를 나누었다는 묘사는 적절치 않다. 그 뚱보가 일방적으로 너스레를 떨고 있었다는 표현이 알맞을 것이다.

나는 곧바로 안에 들어가지 않고 부엌 쪽으로 돌아가, 마침 그곳에서 일하고 있던 루케리야를 밖으로 불러냈다. 그리고 내가 문 밖에서 기다리고 있으니 나와 달라는 말을 그녀에게 전하도록 했다.

그녀가 나오기를 기다리는 동안 내 마음은 초조하면서도 즐거웠다. 사실 나는 그날 온종일 내가 한 결심에 대해 가슴 뿌듯한 희열감을 맛보고 있었다.

잠시 후, 루케리야가 지켜보는 가운데 나는 그녀를 만났다. 그녀는 내가 부엌문 앞에 서 있는 모습을 보고 깜짝 놀란 표정을 지었다. 그때의 그 표정, 그녀는 마치 정신이 나간 사람처럼 보였다.

나는 잠시 망설이다가 지금부터 내가 하게 될 말은 아주 영예로운 것이고, 서로가 행복해질 수 있는 길을 열어 줄 것이라고 운을 뗐다. 덧붙여서 이 문 앞에서 고백하는 어떠한 말에도 놀라지말 것을 당부했다.

나는 내가 때에 따라선 직선적인 사람임을 숨길 생각은 추호도 없었다. 또 이런 애정 문제쯤은 제법 다룰 줄 아는 사람이라고 스스로 자신하고 있었다.

나는 한껏 예의를 갖추고 말했다. 우선 내가 예절 교육을 받으며 자란 사람임을 증명해 보이는 것이 급선무였다. 나는 조금도 주저함 없이 솔직하게 토로했다.

"나는 특별한 재능을 가진 사람은 아니오. 특별히 지성적이지도 않으며, 그렇다고 성품이 유별나게 좋은 사람도 아니오. 나는 그저 흔히 볼 수 있는 약간 이기적인 사람일 뿐이오."

이 '약간 이기적인 사람'이란 말은 돌아오면서 다시 생각해 보

있는데, 정말 멋진 표현이라고 생각되었다.

"뿐만 아니라 당신이 보기에 따라서는 내게 불쾌한 요소들이 엄청나게 많을지도 모르오."

그동안 나는 이런 식의 표현에 특별한 자부심을 가지고 있었다. 물론 나는 자신의 결점을 자랑스럽게 늘어놓고 난 다음에, 장점은 그보다 더 많이 늘어놓지 않는다. 여자들이 그런 식의 표현을 좋아하지 않는다는 정도는 이미 알고 있었기 때문이다. 더불어 이것도 가지고 있고, 저것도 가지고 있으며 또 다른 무엇도 가지고 있다는 등의 잡다한 자랑을 늘어놓지도 않았다.

불과 몇 발짝 떨어진 곳에서 그녀는 여전히 겁에 질린 얼굴로 떨고 있었다. 하지만 나는 그녀의 마음을 풀어 줄 만한 어떤 행동도 하지 않았다. 반대로 나는 일부러 요란하게 떠벌리며 수선을 피웠다. 그러다가 단도직입적으로 선언했다.

"먹을 것은 얼마든지 있소. 하지만 먼 훗날까지, 즉 나의 목적이 달성될 때까지는 좋은 옷이며 영화 구경, 무도회 따위는 절대로 가 볼 수 없을 거요."

이처럼 준엄하게 말할 수 있는 나 자신이 아주 만족스러웠다. 그리고 가능한 한 더듬거리며, 서투르게 다음 말을 덧붙였다.

"내가 이런 직업을 갖게 된 데는…… 분명히 말하자면…… 전당포를 운영하게 된 데는…… 피치 못할 사정이 있었기 때문이오. 한 가지 목적이 있단 말이오."

나는 평소에도 내 직업을 끔찍이 싫어하는 사람이다. 그러면서도 내게는 전당포를 계속해야만 하는 목적이 있었다. 다소 이상하게 들릴지 모르지만, 숨길 수 없는 사실이었다.

그것은 다름 아니라 이 사회에 대한 복수였다. '사회에 대한 복수', 내가 왜 그런 비열한 방법을 택했는지는 나중에 밝히겠다. 아무튼 그날 아침 그녀가 나의 가게에서 '사회에 대한 나의 복수심'이라고 지적한 것은 놀랍도록 정확했다.

그렇다고 그 자리에서 사실을 말할 수는 없었다. 내가 그녀에게 다짜고짜 "그렇소, 난 지금 사회에 복수하고 있소." 하면서 접근했더라면, 그녀는 그날 아침과 똑같이 나를 비웃고 말았을 것이다. 그것은 내가 의도한 것과는 전혀 다른 결과를 초래할 뿐이다. 그래서 나는 말을 흐리거나 더듬으며 그녀에게 단지 간접적인 힌트만 주고자 했다.

게다가 나는 그 당시에 겁나는 것이 없었다. 그 뚱뚱한 식료품 가게 주인은 항상 그녀에게 나보다 더 귀찮고 지긋지긋하게 굴었다. 반면에 나는 문간에 서서 마치 산책을 나온 신사처럼 예의를 다하고 있었던 것이다. 더구나 나의 편인 루케리야가 어떤 돌발적인 일이 벌어지지나 않을까 감시하고 있었으므로 남의 눈치를 볼 걱정은 애초부터 없었다.

물론 나는 그 점을 잘 이용하고 있었다. 오! 누가 나를 비열하다고 말할 수 있을 것인가? 인간이 도대체 어떻게 그것을 판단할 수 있단 말인가?

설사 그것이 비열한 계획에 의해 저질러진 행동이라 한들 무슨 상관이란 말인가? 나는 이미 그녀를 열렬히 사랑하고 있었기 때문에, 그것은 절대 비열한 행동이 될 수 없었다. 나는 우리가 결혼하면 그녀에게 뭔가 유익한 대가가 있을 것이란 암시도 빼놓지 않았다.

나는 그녀가 나에게 종속되어 어떤 의무 아래 놓이게 되는 것이 아니라, 오히려 내가 그녀를 위한 의무 아래 놓이게 될 것이라는 말도 했다. 나로선 그렇게 말하지 않을 수 없었다.

하지만 그 말은 내가 듣기에도 정말 바보 같은 말이었다. 그 순간 나는 그녀의 표정에 스쳐가는 어두운 그림자를 보았고, 그 때문에 스스로 조급해졌는지도 모른다.

결과적으로 보면 그날 나는 절대적인 승리를 거두었다. 아니 잠깐, 내가 그날의 모든 비열한 짓거리들을 회상하고자 한다면, 우선 그때의 짐승 같은 내 마음의 일부분부터 밝혀야 될 것이다. 그때 나는 내가 했던 말과는 전혀 상반된 생각을 품고 있었다.

'넌 다 컸어. 그리고 용모도 괜찮을 뿐 아니라 교육도 받았고, 또 숨김없이 말하자면 보기에도 좋아.'

내 마음속에서 음습하게 꿈틀거렸던 생각은 바로 이것이었다. 모든 말을 마치고 난 뒤 나는 그녀의 눈을 응시하면서 마침내 결정적인 질문을 던졌다.

"아가씨 나를 따라올 수 있겠소?"

지금까지 늘어놓았던 장광설은 오로지 그 말을 하기 위한 허사

에 지나지 않았다. 그녀도 분명 짐작은 했겠지만, 나의 단도직입적인 태도에 당황하는 모습이 역력했다. 부엌문 바깥에 석고상처럼 붙어 선 그녀는 쉽게 결정을 내리지 못했다. 그녀는 꽤 오랫동안 생각에 잠겨 있었다. 나는 다시 그녀를 재촉했다.

"자, 어떻게 할까?"

물론 이 말에는 모종의 협박성 의미가 짙게 배어 있었다. 그것이 쉽게 드러난다는 것을 알면서도 나는 감추려 하지 않았다.

"잠깐만 기다려 보세요. 전 지금 생각 중이에요."

이렇게 말하는 그녀의 표정은 매우 진지했는데, 그것은 내 예상과 전혀 다른 것이었다. 그녀가 쉽게 응낙하리라고 낙관했었던 것이다. 나는 감정을 억누르며 이렇게 생각했다.

'이 여자는 지금 나와 식품점 가게 주인을 비교하고 있구나.'

마침내 그녀의 작은 입이 열렸다.

"예."

그것은 들릴락말락 한 아주 작은 목소리였다. 그 순간 그녀의 표정이 어떠했는지는 어두워서 알 수 없었다. 아니 보지도 않았다. 나는 승리감에 도취해 감정을 억누르기조차 힘이 들었던 것이다.

그 집에서 나오자 루케리야가 나를 쫓아 달려 나왔다. 그녀는 나를 길가에 불러세워 놓고 숨넘어가는 소리로 말했다.

"선생님, 우리 착한 아가씨를 데려가시면 하느님께서도 축복해 주실 거예요. 참, 이 말은 비밀로 해 두세요. 만약 아가씨가 알게 되면 우쭐해서 잘난 체할걸요."

그 말에 나는 분명한 목소리로 답변해 주었다.

"그녀가 잘난 체한다고? 걱정하지 마. 나는 원래 잘난 체하는 사람을 싫어하지 않아."

그것은 사실이었다. 잘난 체하는 사람들이란, 그들의 특별한 역량이 발휘될 때면 오히려 멋있어 보이기도 하는 것이다. 루케리야를 돌려보내고 집으로 향하면서 나는 얼마나 즐거웠는지 모른다. 그녀는 대문 앞에서 내게 '예.' 라고 말할까말까 망설이면서 서 있었을 때, 어쩌면 다른 생각을 했는지도 모른다.

'어느 쪽이든 불행해질 바에야 차라리 가장 나쁜 쪽을 택하는 것이 최선은 아닐까?' 라고…….

나는 마음이 몹시 조마조마했다. 왜냐하면 그녀는 뚱보 남자가 술에 만취해 집에 들어와서 자기를 두들겨 패서 죽여 버리도록 내버려두는 쪽을 선택할 수도 있었기 때문이다. 그런 생각이 가능한 것이냐고? 반드시 불가능하다고 말할 수는 없다.

그녀는 두 명의 마귀 중에서 더 악한 쪽, 바로 그 가게 주인을 선택할 수도 있었다. 충분히 가능성 있는 일이다. 그러나 당시 그녀로선 전당포 주인인 나와 그 식료품 가게 주인 가운데서 더 악한 쪽이 누구인지 알 수 없었다.

이 문제에 대한 해답은 오직 그녀만이 가지고 있다. 그러나 지금 그녀는 이 세상에 존재하지 않으므로 확인할 수는 없다. 하긴 그것은 별개의 문제다. 사실은 아주 중요한 문제인데도 말이다.

경멸

자신이 비참한 몰락 상태에 빠져 있다면, 어떻게 해서든지 거기서 빠져나오고 싶은 것이 인간이다. 오, 그토록 비참한 몰락! 그때 나는 그녀를 그렇게 비참한 곳에서 끌어냈던 것이다. 물론 그녀도 그런 사실을 잘 알고 있었다. 또 자신을 그곳에서 이끌어 내 준 나를 고맙게 생각했을 것이다.

그러나 엄밀히 따지자면, 구원의 손길을 뻗친 것은 나만이 아니었다. 나는 마흔한 살이고, 그녀는 이제 겨우 열여섯 살이라는 사실을 되새겨 보면서 나는 즐거웠다. 두 사람이 서로의 결점을 보완해 줄 수 있다는 것은 분명 매혹적인 일이다. 하지만 그런 사실을 그녀에게 내색하지는 않았다.

그때 나는 영국식 결혼식을 생각했고, 실제로 그렇게 하고 싶었다. 그렇게 되면 당사자인 그녀와 나, 그리고 두 사람의 증인만 참석하면 되는 것이고, 그중의 한 사람은 분명 루케리야가 될 것이었다. 나는 결혼식을 마치면 곧장 기차를 타고 모스크바로 가서 약 2주 정도의 허니문을 즐길 예정이었다.

그런데 그녀는 숙모와 그 가족들이 참석해야 한다는 이유를 들어 영국식 결혼에 반대했다. 때문에 악독한 그녀의 가족들 몰래 결혼식을 올리려던 나의 계획은 수포로 돌아가고 말았다.

나는 그녀의 숙모들을 찾아가 친절하게 대접해야만 했다. 나로선 그녀를 데려와야 했기 때문이다.

그래서 나는 전적인 양보와 적절한 예의를 갖추어서 숙모들을 대했다. 그 나쁜 인간들에게 각각 1백 루블어치의 선물을 해 주었고, 앞으로도 더 많은 것을 주겠다고 약속했다. 물론 그녀에게는 이 모든 것이 비밀이었다. 그녀가 자신의 처지 때문에 의기소침해하지 않도록 하려는 생각에서였다.

상황이 이렇게 진척되어 가자 숙모들은 금방 비단결처럼 유순해졌다. 물론 혼수 문제로 언쟁이 없었던 것은 아니었다. 그녀는 말 그대로 빈털터리였다. 그리고 나나 숙모들에게서 뭔가를 얻으려고 하지도 않았다.

나는 돈보다 더 소중한 무엇인가가 그녀에게 있다는 점을 암시함으로써 자신감을 불어넣어 주고 싶었다. 그것은 내가 그녀에게 가장 주고 싶었던 선물이었다.

결혼식을 준비하는 동안 나는 너무나 허둥댔고 바빴다. 이런 와중에서도 나를 기쁘게 했던 것은 그녀가 사랑스럽게 내게로 달려왔고, 또 황홀하게 인사를 했다는 것이다.

또 저녁에 내가 찾아가면 그녀는 귀엽게 수다를 떨었다. 그녀의 이런 수다는 순진무구함에서 나온 참으로 매혹적인 것이었다. 그녀는 자신의 어린 시절이며 소녀 시절, 그리고 예전에 살던 집이며 부모님에 대한 모든 이야기를 내게 해 주었다.

그러나 나는 그 모든 것에 즉각 찬물을 끼얹곤 했다. 돌이켜보면 참으로 어리석은 행동이었다. 물론 나는 그녀를 만날 때면 흥분에 겨워 날아갈 듯한 심정이었지만, 그것을 숨긴 채 다정한 침묵만을 지켰던 것이다.

그녀는 우리가 서로 다른 환경에서 자라났고, 그 때문에 내가 침묵을 좋아하는 것이라고 오해했을 것이다. 덕분에 나는 그녀에게 여전히 수수께끼 같은 존재로 남을 수 있었다. 사실 나는 그런 존재가 되길 원했고, 그녀를 만나는 동안 가장 신경을 쓴 것도 바로 그 부분이었다.

무엇 때문이었을까? 수수께끼 같은 존재가 되고 싶다는 것 때문에, 나는 그녀에게 가장 미련한 죄악을 범한 것은 아닐까?

내가 그녀에게 취한 첫 번째 방법은 엄격한 행동이었다. 그것은 훗날 그녀가 집에 들어온 뒤에도 마찬가지였다. 그리고 우리가 서로에게 익숙해지기 시작할 무렵, 나는 두 사람 사이에만 통할 수 있는 규칙을 만들어 냈다.

어찌 보면 그것은 의도적으로 만들어 낸 것이 아니라 저절로 형성된 것이라 볼 수밖에 없었다. 저절로 생겨나지 않았더라면, 그런 규칙을 만들기 위해 나는 또 다른 노력을 기울였을 것이기 때문이다.

이 규칙이란 내 입장에서 보면 순수한 것이었다. 나는 그녀에게 유순하게 대할 수도 있었다. 그러나 내가 '엄격함'에 그토록 집착한 이유는 다른 데 있다.

알다시피 젊은 사람들은 돈을 멸시한다. 하지만 나는 반대로 돈을 굉장히 중시하는 사람이다. 그것은 나의 지나간 과거와 무관치 않다. 당시의 그녀로서는 그런 내 생각을 다 이해할 수 없었을 것이다.

내가 돈에 상당한 가치를 둔 만큼 그녀는 당연히 말이 없어져 갔다. 그녀는 세상 물정에 조금씩 눈이 틔어 갔지만, 돈에 관한 한 한마디도 꺼내지 않았다.

젊은 사람이라면 누구나 가슴속에 영웅심을 품고 있다. 그들은 선을 행하는 것이 영웅적인 행동이라고 말한다. 그런데 선은 곧잘 금전적인 것과 상반되는 경우가 많다. 따라서 젊은이들이 금전을 가치 있게 생각하지 않는 것은 오히려 당연한 일이었다. 또 젊은 이들은 지극히 충동적이고 참을성이 없다. 조금이라도 비위에 맞지 않으면 마음속은 경멸감으로 가득 차고 만다.

나는 그녀에게 폭넓은 관용을 원했다. 그것이 그녀의 심장 깊숙이 스며들어 그녀가 지닌 천성의 일부가 되기를 원했던 것이다. 그리하여 내가 돈을 중히 여기고 전당포를 운영하는 것조차 이해해 주기를 원했다. 나는 전당포 주인이라는 사실이 누구보다도 싫었지만, 그렇다고 해서 직업적인 자부심마저 포기한 것은 아니었다.

물론 나는 그녀에게 이런 말을 하지는 않았다. 만약 대놓고 말했다면, 그건 마치 변명처럼 들렸을 것이다.

나는 그녀를 대할 때마다 거의 침묵으로 일관했다. 나는 그 침묵이 무엇을 말하는지 상대방이 알도록 하는 데 천부적인 재능을 갖고 있었다. 즉, 소리 없는 말로써 내 의중을 드러내는 재능이 있었던 것이다. 그러니까 나의 비극적인 삶은 결국 그런 무언의 의사 표시 속에 깃들어 있었다고 해도 과언이 아니다.

그런 모든 것을 그녀는 과연 이해할 수 있었을까?

지나간 삶으로 따지자면, 나는 완전하게 불행한 사람이었다. 모든 사람들로부터 버림받았고, 그들로부터 잊혀졌다. 그 누구도 나의 속마음을 이해해 주지 않았던 것이다. 과연 이런 현실을 열여섯 살 난 소녀가 이해할 수 있었을까?

그러나 얼마 되지 않아 그녀는 주위의 거지 같은 인간들로부터 나에 대한 상세한 내막을 주워듣게 되었다. 그것이 전적으로 나를 판단할 수 있는 자료는 아니었지만, 나에 대한 편견을 갖기에는 충분한 내용이었다.

그때 나는 변명하거나 이해를 구하지는 않았다. 언젠가 관용이 몸에 배었을 때 그녀 스스로 나를 이해하도록 만들고 싶었던 것이다. 나는 그녀가 천한 인간들의 이야기에 귀 기울이지 않고 자기 스스로 깨달음을 얻기를 바랐던 것이다. 즉, 내가 그다지 악하지

않고 비겁하지도 않다는 것을, 나의 도움 없이 알아주기를 원했던 것이다.

　나는 계속 말을 잃어 갔다. 특히 둘이 함께 있을 때에는 더욱 말이 없었다. 왜 나는 말이 없었던가? 거기에는 또 다른 이유가 있었다. 나의 마음속에 슬슬 교만이 끼어들었던 것이다.

　그녀를 집으로 데려온 후 나는 존경받기를 원했다. 또 그녀가 내 앞에 서서 도리에 어긋난 행동을 하지 않겠다는 것과 어떠한 고난도 참고 견디겠다는 맹세를 해 주기를 원했다. 나는 그녀에게 그런 요구를 할 자격이 있었다.

오, 나는 언제나 교만했다. 또 언제나 모든 것을 그녀에게서 얻기를 원했다. 나는 절반의 행복은 용납하지 않는 사람이었다. 그럴 바에는 차라리 모든 것을 포기하는 게 낫다고 늘 생각했다.

그런 나의 소망은 당연한 것이다. 나는 그녀를 고난으로부터 건져 냈으며, 스스로 모든 것을 이해할 수 있도록 엄정하게 대해 준 사람이었다. 때문에 나는 마음속으로 그녀에게 소리쳤다.

'날 똑똑히 쳐다봐. 그리고 혼자 힘으로 날 정당하게 평가하란 말이야!'

내가 내 자신의 과거를 설명하면서 이해를 구하고 존경심을 가져 달라고 요구한다면, 그것은 자비를 구걸하는 것과 다를 게 없었다.

나는 그때 직접적으로, 그리고 감정을 개입시키지 않고 가급적이면 무덤덤하게 — 나는 무정한 방법을 강조하고 있다 — 그녀에게 설명했다. 젊은이들의 영웅심이란 매력적이긴 하지만, 한 푼의 가치도 없는 것이라고…….

"왜 아무 가치가 없다는 거죠?"

그녀가 되물었다.

"영웅심이란 비용이 한 푼도 안 드는 것이긴 하지만, 사실은 일생을 통해서도 실천할 수가 없기 때문이지. 그건 말하자면, 자신

154

의 존재를 위해서 기분만 내는 일에 불과하단 말이야. 그저 열심히 일하는 게 최고야! 그리고 값싼 영웅적 행위는 너무 쉽게 인생을 낭비하게 만들지. 그건 그저 뜨거운 피가 움직이고, 에너지가 넘쳐흐르기 때문이지. 게다가 그것은 손에 잡히지 않는 아름다운 허상을 갈망하기 때문이야."

"열심히 일만 하라고요? 그래요. 난 이제껏 그렇게 살아왔고, 또 그것이 자랑스러운 줄도 알아요. 하지만 자기희생만 강요당했을 뿐이지, 영광 같은 것은 전혀 없었어요. 당신 자신을 보세요. 당신은 참으로 멋진 사람이고 세상에서 가장 정직한 사람이지만, 정작 다른 사람들에게는 불한당처럼 여겨지고 있잖아요."

"그렇지만 말이지, 난 지금껏 살아오면서 그런 비난을 수없이 감수해 왔어."

나는 치밀어 오르는 분노를 간신히 억누르며 말했다. 누가 그녀에게 무슨 말을 했는지 알 수는 없었지만, 그녀는 스스로 깨우쳐 나를 판단하기 이전에 벌써 어떤 편견에 물들어 있음이 분명했다.

더욱 중요한 것은 그녀가 나와 처음으로 논쟁을 벌였다는 사실이다. 세상에, 그녀가 나와 논쟁을 벌이다니!

그렇지만 얼마 지나지 않아 그녀는 침묵을 지키기 시작했다. 눈을 커다랗게 뜬 채 내 말에 귀를 기울였던 것이다. 그리고……
놀랍게도 어느 날 문득 그녀에게서 조소를 발견했다. 믿을 수 없다는 듯, 나를 경멸하는 듯한 악마의 미소 말이다.

엇갈리는 운명

우리 두 사람 가운데 과연 누가 그 일을 시작하게 되었을까? 아무도 아니었다. 그것은 처음부터 저절로 시작된 것이었다. 나는 그녀를 매우 엄하게 대했다.

물론 처음부터 그렇게 매정하게 대할 생각은 아니었다. 나는 그녀가 최근 3년 동안 숙모 집에서 겪은 고초를 따뜻하게 위로해 주었다. 그리고 나서 그녀를 위해 — 정말 그녀를 위해서였다 — 스스로 엄숙해지기로 작정했던 것이다.

나는 관습에 따라 결혼 전에는 반드시 서약을 해야 하며 돈을 지참해야만 결혼식을 올릴 수 있다는 사실을 그녀에게 알아듣기 쉽게 설명해 주었다. 그러나 그녀는 입을 다물었다. 그리고 돈을 마련하는 대신 나를 위해 열심히 일하기 시작했다. 물론 나의 거처와 가구 등은 모두 이전과 마찬가지로 그대로 남아 있었다.

나의 거처는 두 개의 방으로 이뤄져 있었는데, 그중에 큰방은

둘로 나누어서 한쪽 모퉁이를 가게로 사용했다. 두 번째 방 역시 크기는 마찬가지였는데, 우리는 그곳을 거실 겸 침실로 사용했다.

가구라고 해 봐야 그녀의 숙모들 것이 차라리 나을 정도로 빈약하기 이를 데 없었다. 성상들을 모셔 놓은 제단은 가게가 있는 바깥쪽 방에 있었고, 안쪽 방에는 몇 권의 책이 꽂힌 책장이 있었다. 또 그 옆에 세워 놓은 트렁크에는 열쇠가 들어 있었다. 물론 침대나 식탁, 의자 정도는 있었다.

결혼하기 전에 나는 하루에 1루블 이상을 식탁에 투자해서는 안 된다는 점을 그녀에게 강조했다. 이것은 나와 그녀, 그리고 우리와 같이 지내게 된 하녀 루케리야에게 들어갈 식비였다. 나는 이렇게 말했다.

"3년 내로 3만 루블 정도는 마련해야 해. 그런데 우리가 그 이상을 쓰게 되면 돈을 저축할 수가 없어."

그녀는 내 말에 고개를 끄덕이며 수긍했다. 그러나 나는 식비로 하루에 30코페이카 정도 더 인상해 주었다. 또 결혼 전에 극장에 가서는 안 된다는 것을 그녀에게 분명하게 일러두었다.

그러나 나는 한 달에 한 번 정도는 그녀를 극장에 데려가기로 마음먹었다. 그리고 남 보기 흉하지 않게 정초에는 일등석에 앉히기도 했다. 우리가 함께 본 영화는 모두 세 편이었는데 〈행복을 쫓는 사냥〉과 〈노래하는 새들〉, 그리고 다른 한 편은 제목이 기억나지 않는다.

우리는 극장에 갈 때도 말없이 갔다가 말없이 돌아왔다. 시작부터 우리는 아무런 다툼이 없었고, 그저 언제나 똑같은 침묵뿐이었다.

내가 기억하기로는 그녀는 수수께끼 같은 인물이 되고자 했던 나를 늘 뒤에서 지켜보고 있었다. 내가 그 사실을 알아차리자 그녀는 더욱 더 말이 없어졌다. 물론 처음부터 침묵을 강요했던 것은 바로 나였지만……

그동안 그녀는 한두 번 내 뜻을 거스른 적이 있었다. 갑자기 나에게 달려들어 장난스럽게 껴안으려 했던 것이다. 그런 식의 어리광을 나는 견디지 못했다. 무엇보다도 나는 그녀에게 존경을 받으며 사는 것이 확실한 행복이라고 여기고 있었다.

나는 그럴 때마다 필요 이상으로 차갑게 받아넘겼다. 그런 나의 결정은 지극히 정당했다. 그런 일이 있고 난 다음이면, 그녀는 내게 순종했던 것이다. 그리고 나서 다시 침묵만이 남았다.

하지만 시간이 갈수록 그녀가 취하는 반항의 횟수는 늘어만 갔다. 그러고 보면 내게 보인 침묵은 완전한 순응이 아니었다. 바로 '반항과 독립'이었다.

그녀는 단지 그것을 행동으로 표현할 방법을 알지 못했을 뿐이었다. 그토록 착하던 그녀가 점점 더 반항적인 태도를 취하기 시작한 것은 예사로운 일이 아니었다.

내가 그녀에 대해 조금씩 회의를 품게 된 것은 그때부터였다. 나와 다툼이 시작되면서 그녀도 가끔 흥분하고 격앙된 모습을 보였다. 비천하고 궁핍한 처지에서 마루를 걸레질해 왔던 그녀가,

우리의 가난을 비웃고 못마땅해하기 시작했다는 것은 참을 수 없
는 일이었다.

　알다시피 내가 누리고 있었던 것은 가난이 아니라 검소한 삶이
었다. 생활에 꼭 필요한 물건들은 언제나 풍족하게 준비되어 있었
으며, 그것들은 하나같이 청결한 상태로 정돈되어 있었다. 하지

만 그녀가 경멸하였던 것은 우리의 가난이 아니라 살림살이에 대해 내가 의도적으로 인색하게 군다는 점이었다. 그녀는 마치 이렇게 말하는 것 같았다.

"당신은 모든 것을 힘으로만 밀어붙이려 해요!"

얼마 뒤 그녀는 느닷없이 극장에 가길 거부했다. 그녀는 비꼬는 듯한 눈길로 나를 바라보기 시작했고, 나는 점점 더 말이 없어져 갔다.

그런 상황에서 나 자신을 정당화시키고, 그녀와 사이좋게 지내는 방법은 없었을까? 이 모든 사건의 밑바닥에는 나의 전당포 사업이 복선처럼 깔려 있다는 점을 잘 알고 있었다. 그렇다고 그 사업을 포기할 생각은 눈곱만큼도 없었다.

아내란, 특히 열여섯 살밖에 안 된 아내란 남편에게 복종해야 한다고 생각했다. 내게 있어 여자들이란 원래부터 독창성이 없는 존재였다. 여자가 한 남자를 사랑한다면, 그 남자의 못된 행위나 악한 짓거리조차도 이상적인 것으로 바라보아야 한다.

그 남자가 자신의 행위를 정당화시킬 방법을 찾아내지 못한다 하더라도, 여자는 그 남자의 행위를 합리화시켜 줄 줄 알아야 한다. 하지만 여자에게는 그런 자발적인 독창성이 부족하다. 이제껏 여인들을 파멸로 몰아넣은 것은 이런 독창성의 결핍에 있었다.

그녀는 지금 저 방 안에 누워 있다. 왜, 탁자 위에 그녀가 놓여 있는 것일까? 그녀가 나를 사랑하지 않았던 것은 아닐까?

당시 나는 그녀의 사랑을 확신하고 있었다. 그녀는 가끔 나를 끌어안아 주며 사랑했다. 보다 더 정확하게 말하자면, 그녀는 나를 사랑하고 싶어 했다. 그래, 그게 바로 딱 들어맞는 말이다. 그녀는 사랑하길 원했다. 그녀는 사랑하려고 노력하고 있었던 것이다.

그런데 문제는 나는, 그녀가 정당화시킬 만한 그런 악한 짓거리를 하지 않았다는 것이다. 전당포를 운영했다는 것, 어쩌면 그것이 내가 저지른 유일한 악행일지 모른다. 하지만 내가 전당포 주인이라는 것이 도대체 뭐가 어쨌다는 말인가?

주위를 돌아보면 관대한 사람이 운영하는 전당포는 얼마든지 있었다. 그렇다고 내가 관대한 사람이라는 말은 아니다. 전당포라는 직업을 일방적으로 비난해서는 안 된다는 말이다. 나는 안전하고 확실한 직업을 가질 권리가 있었다. 그래서 전당포를 개업했던 것이다. 전당포를 개업하기 전에 나는 종종 이런 희망을 마음에 그렸다.

'사람들은 날 거부해 왔어. 경멸 어린 시선으로 날 내쫓아 버린 거라고. 내가 다정한 이웃들을 애타게 그리워하고 있을 때 사람들은 내 과거와 현재를 끄집어내어 나를 모욕했어. 그러니까 이제 내게는 그들과 마땅히 담을 쌓아도 되는 자격이 생긴 거야. 3만 루블 정도 저축하면, 남쪽 해안의 크리미아 지방 그 어디쯤에 아담한 산과 포도밭으로 둘러싸인 땅을 구입해야지.

그렇게 나만의 보금자리에서 세상을 등진 채 조용히 여생을 보내고 말 거야. 하느님이 보내 주신, 내 가슴속에 묻어 둔 사랑스러운 여인과 함께 행복한 가정을 가꾸면서 말이야. 그렇게 내 영혼 속에 간직된 이상을 실천하며 주변 사람들을 도우며 살 수 있을 거야.'

하지만 그녀에게 이런 희망을 설명해 줄 수는 없었다. 당시에 나는 그것을 미련한 짓으로 치부하고 있었던 것이다.

내 교만한 침묵의 원인은 바로 그것이었다. 내가 굳이 전당포를 운영해야 하는 목적인 동시에, 우리가 침묵 속에 앉아 있었던 이유가 바로 그것이었다.

그녀가 나의 이런 속마음까지 이해할 필요는 없었다. 그녀는 겨우 열여섯 살, 청춘이었다. 내가 합리적인 말로 설명한다고 한들, 그녀가 나의 과거와 고난을 이해할 수 있었겠는가?

한눈을 팔지 않는 바른 생활 태도, 생에 대한 무지, 풋풋한 젊음 그리고 암탉처럼 '고귀한 정신'만을 좇는 맹목적 추종, 그녀에게는 이런 것들이면 충분했다. 여기에 전당포가 있으면 금상첨화 아닌가? 전당포를 하면서 내가 지독하게 굴기라도 했단 말인가? 내가 어떻게 처신하는지는 그녀도 보지 않았는가?

그런데 더할 나위 없이 훌륭한 하느님의 피조물, 그 착한 영혼의 천국이었던 그녀가 어느 날 폭군으로 변해 버렸다. 그녀는 내 영혼이 감당할 수 없는 엄청난 폭군이자 고문 기술자였던 것이다.

그것은 자연과 운명의 심술궂은 장난이었다. 나는 진심으로 그녀를 사랑했다. 그런데도 우리는 피치 못할 저주 아래 다다르고 말았다. 물론 모든 인간의 삶은 어떤 저주 아래 놓여 있다. 그러나 나에게 주어진 저주는 좀 특별한 것이었다.

나는 지금 스스로 약간의 잘못을 인정한다. 나도 모르는 사이에 무언가 잘못되었던 것이다. 나는 당시 대낮처럼 분명한 것을 요구하고 있었다. 나는 속으로 이렇게 외치고 있었다.

'정신적 위로보다는 침묵 속에서 고난을 요구하는 것, 금욕적이면서도 자긍심을 가져 보는 것이 좋아.'

이것은 우리가 마땅히 해야 할 도리였다. 난 거짓말을 하고 있는 것이 아니다. 결코!

'그녀는 훗날 이것이야말로 젊은 사람들이 영웅심을 발휘해야 될 선이라는 점을 스스로 알게 될 것이다. 언젠가 그것을 깨닫게 되면 내게 백배 감사할 것이고, 엎드려 손을 모으고 경의를 표할 것이다.'

이것이 바로 나의 계획이었다. 하지만 내가 미처 깨닫지 못한 그 무언가가 있었다. 내가 실패해 버린 그 무엇 말이다.

이제 그만하자고? 이 정도 자책하는 것으로 충분하다고? 좋아, 그렇다면 나는 이제 누구에게 용서를 구하지? 그건 이미 지나간 일이라고? 이제부터는 사내답게 좀더 과감해지자고? 그리고 자신감을 가지자고? 그건 나의 잘못이 아니라고?

그럼, 진실을 이야기해 보겠다. 나는 진실에 직면하는 것을 두려워하지는 않으니까. 그건 그녀의 잘못이었어. 그녀의 잘못이었다고!

반항

사건의 발단은 피치 못할 사정으로 한두 번 내가 전당포를 비운 사이 그녀가 일을 대신하게 된 데서 비롯되었다.

그녀는 사람들이 가져온 물건의 값을 높게 매겨 주었고, 나는 그것이 우리에게 얼마나 손해인지를 설명해야만 했다. 이 문제로 그녀는 두 번씩이나 나와 언쟁을 벌였다. 하지만 나는 끝내 그녀의 의견에 동의하지 않았다.

어느 죽은 대위의 아내가 나타난 것은, 바로 우리가 논쟁을 벌이기 시작한 지 며칠이 지나서였다. 이 늙은 과부는 죽은 남편의 유물인 커다란 메달을 가져왔다. 나는 그것을 받고 30루블을 빌려주었다. 그녀는 예상보다 적은 액수라며 불평을 늘어놓은 뒤 물건을 잘 보관해 달라고 거듭 요청했다.

다음날 그 과부는 8루블어치도 안 될 것 같은 팔찌 하나를 가지고 와서, 전날 저당 잡힌 메달과 바꿔 달라고 졸라 댔다. 나는 물

164

론 거절했다.

그때 마침 아내가 뒤에 서 있었다. 그 과부는 아내의 얼굴에서 나오는 다른 유순한 표정을 발견했음에 틀림없었다. 그녀는 내가 가게를 비우고 아내가 자리를 지킬 때 다시 찾아와서 팔찌와 그 메달을 바꿔 갔던 것이다.

그날 저녁 나는 그 사실을 알게 되었다. 분노가 치밀어 올랐지만 꾹 참고 부드럽게 타일렀다. 그녀는 침대 위에 앉아 바닥을 내려다보면서 오른발로 카펫을 탁탁 두들겼다이것은 그녀의 독특한 습관이었다. 게다가 입가에는 조소까지 띠고 있었다.

나는 목청을 조금도 높이지 않고 조용하게, 그 돈은 내 돈이란 점을 설명했다. 나는 그녀를 포함해 식구들을 먹여 살릴 책임이 있으며, 검소하고 근면하게 생활해야 저축을 늘려 나갈 수 있다는 점을 새삼 강조했다.

그녀가 침대에서 벌떡 일어난 것은 그때였다. 갑자기 방 안의 모든 것을 온통 뒤집어엎더니, 내게 달려들어 정신없이 발길질을 하기 시작했다. 그것은 한 마리 앙칼진 짐승의 광란이었다.

나는 깜짝 놀랐다. 이런 반항적인 행동은 여태껏 한 번도 본 적이 없었다. 그래도 나는 이성을 잃지 않았다. 나는 조금도 동요하지 않고 차분한 목소리로, 이제부터 전당포 일은 하지 말라고 했다. 그러자 그녀는 내 얼굴을 빤히 바라보며 비웃었다. 그러곤 밖으로 뛰쳐나가 버렸다.

사실 그녀로선 집 밖으로 뛰쳐나갈 권리도 없었다. 내 허락 없

이는 그 어디에도 갈 수 없다는 것이 결혼 전의 합의 사항이었다. 그녀는 저녁 늦게 집으로 돌아왔다. 나는 더 이상 한마디도 꺼내지 않았다.

다음날도 그녀는 아침 일찍 집을 나갔다. 그 다음날도 역시 마찬가지였다. 나는 가게 문을 닫고 결혼 뒤로 왕래를 끊었던 그녀의 숙모들을 찾아갔다.

그런데 그녀는 숙모 집에 있지 않았다. 나는 놀라서 그녀가 여기에 오지 않았느냐고 물었다. 마귀 같은 숙모들은 내 말을 듣고 호기심 어린 표정으로 말했다.

"당신에겐 아직 그녀를 옭아맬 권리가 없어요."

나는 그 말의 의미를 금방 알아차렸다. 일전에 그들에게 1백 루블을 더 주기로 약속했던 것이다. 그래서 1백 루블 중 25루블을 선불로 주고, 그녀에 관한 모든 권리를 인수한 후 집으로 돌아왔다. 그로부터 이틀 뒤 작은 숙모가 와서 말했다.

"에피모비치라고 하는 장교가 그녀와 관계되어 있어요. 그 사람은 당신과 군대 동료였다고 하던데요?"

나는 가슴이 철렁 내려앉았다. 그 장교는 누구보다도 내 과거를 잘 알고 있는 사람이었고, 군대에 있을 때 나를 가장 괴롭혔던 자였다.

한 달 전 그자가 뻔뻔스런 얼굴로 가게에 들렀던 적이 있었다. 그때 그는 물건을 저당 잡히는 척하며 내 아내와 웃음을 주고받았다. 그때 나는 그의 뒤를 따라 가게 밖으로 나가서 다시는 찾아오지 말라고 엄중히 경고했다.

그때 나는 아내와의 일을 염려했던 것은 아니었다. 다만 그녀가 그런 무례한 인간과 상종하는 일을 막고 싶었을 뿐이다.

숙모는 한술 더 떠 놀라운 사실을 알려 주었다. 그녀가 오늘 에피모비치와 만나기로 약속했다는 것이었다. 이런 불미스러운 일은 자기 옛 친구인 율리야 삼손노브나라고 하는 어느 대령의 미망인에 의해 계획되었다고 했다.

"이건 그녀가 계획한 짓이에요. 당신의 아내는 지금 에피모비치를 만나러 가고 있다고요."

나는 두 사람의 밀회를 포착하기 위한 비용으로, 3백 루블의 거금을 숙모에게 지불했다.

이틀 후, 나는 두 사람이 만나는 장소의 옆방에서 안절부절못하며 서 있었다. 나는 온갖 상상과 억측으로 온몸이 부들부들 떨렸으나 구체적인 행동을 취하지는 못했다.

두 사람은 저녁 무렵 방을 나갔다. 나는 그들이 떠난 한참 뒤에야 힘없이 집으로 돌아왔다. 그녀는 침대 위에 앉아 발로 카펫을 탁탁 치며 빈정거리듯이 나를 흘겨보고 있었다.

그녀를 바라보면서 내 머릿속에는 지난달 내내, 아니 그보다는 지난 2주 동안 돌변한 그녀의 행동들이 영화처럼 펼쳐졌다. 누가 보더라도 그녀의 지금 행동은 전과는 너무나 다른 것이었다.

그녀는 느닷없이 반항적이고 공격적인 모습으로 자신을 표현했다. 나는 당황해서 때때로 무례하게 굴긴 했지만, 함부로 대하지는 않았다. 그녀는 의도적으로 혼란을 조성하고 있었던 것이다. 그런 징조는 그녀의 수줍은 표정에서 잘 드러나고 있었다. 그녀는 천성적으로 착한 성품이어서, 자신의 표정까지 거짓으로 치장하기에는 역부족이었던 것이다.

나는 알 수 있었다. 그녀 같은 사람들이 엉뚱한 짓을 하는 것은 자신의 착한 성품을 감추기 위해서이다. 그렇기 때문에 그런 행동을 그대로 믿어서는 안 된다. 반면에 부패와 타락에 젖어 있는 사람이란 가증스럽게도 언제나 사실을 위장하고, 예절을 과시하고, 점잔을 빼면서 행동한다. 이런 점에서 본다면 그녀는 솔직한 편이었다.

"결투가 두려워서 연대에서 물러났다는 게 사실인가요?"

갑자기 분위기에 어울리지 않게 그녀가 물었다. 그녀의 눈은 매섭게 빛나고 있었다.

"장교들의 신고로 내가 복무를 포기하도록 강요받은 것은 사실이야. 하지만 그전에 벌써 제대 서류를 제출했었어."

"그래서 당신은 겁쟁이로 낙인 찍혔죠?"

"그래, 그들은 날 겁쟁이라고 낙인 찍었어. 하지만 보다 근본적인 이유는 내가 겁쟁이어서가 아니라, 그들의 독단적인 결정을 받아들이지 않았기 때문이야. 그 장소에서 벌어진 일 때문에 내가 모욕 받은 일은 없었어. 나는 아직도 그렇게 생각하고 있어. 그들은 막무가내로 결투를 하라고 했어. 나는 그런 어처구니없는 결투 따위는 하지 않기로 작정했던 것뿐이야."

그제야 나는 에피모비치가 무슨 말을 늘어놓았는지 짐작이 갔다. 나는 계속해서 말했다.

"당신도 알다시피 본인의 뜻은 무시하고 일방적으로 상대방에게 강요하는 것은 독재나 마찬가지야. 나는 그런 일에 저항하는 것이, 결투를 벌이는 것보다 훨씬 더 인간다운 모습이라고 생각해."

나는 더 이상 말하지 않았다. 나 자신을 옹호할 수 있는 말은 얼마든지 있었지만 포기했다. 자신에 대한 겸손이야말로 내가 늘 그녀에게 강조했던 것이기 때문이다. 그러자 그녀는 짓궂게 웃으며 물었다.

"그 이후 3년 동안은 어땠나요? 거지처럼 페테르부르크 거리 이곳저곳을 기웃거리며 구걸하고, 도박장 같은 곳에서 숱한 밤을 보냈다는 것도 사실이지요?"

"하이마켓 터에 있는 비야젬스키 하우스 같은 곳에서 밤을 보낸 적은 있지. 그래, 모든 게 사실이야. 연대를 떠난 이후 내 생활은 불명예스럽고 타락한 나날의 연속이었어. 그렇지만 도덕적으로 타락했던 것은 결코 아니야. 그때 나는 어느 누구보다도 지난날을 후회했어. 그것은 단지 내 의지와 정신의 타락에 지나지 않았던 거야. 그리고 그건 순전히 당시의 내 형편이 절망적이었기 때문이었어. 그렇지만 이제는 그 모든 것이 다 끝났어. 끝났다고!"

"어머, 그래요? 당신은 이제 인격자에다 금융업자시죠!"

전당포가 내 직업임을 비꼬는 말이었다. 그러나 그때는 이미 내 마음속에 들끓던 감정이 진정되고 난 후였다. 그녀도 갑자기 미안한 마음이 들었는지 더 이상 비아냥거리지 않았다.

바로 그때 벨이 울렸다. 나는 대화를 중단하고, 고객을 맞기 위해 가게로 나갔다. 한 시간 정도 지난 후 그녀는 옷을 차려입고 밖으로 나가다가 우뚝 서서 말했다.

"그런데 당신은 왜 결혼 전에 그런 말을 한마디도 하지 않았어요?"

나는 대꾸하지 않았다. 그러자 그녀는 뒤도 돌아보지 않고 휙 밖으로 나가 버렸다.

다음날 나는 가게에 보관하고 있던 권총을 호주머니에 넣고 두 사람의 밀회 장소로 갔다. 나는 옆방의 벽 뒤편에 서서, 내 운명이 어떻게 결정될지 가늠하고 있었다.

그녀는 보통 때보다 더 곱게 옷을 차려입고 식탁에 앉아 있었다. 에피모비치는 그녀 앞에서 폼을 잡고 있었다. 모든 일은 내가 추측했던 대로 정확하게 진행되고 있었다.

나는 한 시간 내내 옆방을 감시했다. 속이 부글부글 끓었다. 고귀하고 사랑스러운 내 여자와 세속적이고 타락할 대로 타락한 음흉한 한 남자가 수작을 벌이고 있었다.

도대체 저런 순진무구한 소녀가 어떻게 많은 세속적인 화젯거리에 대해 알게 되었을까? 가장 재치 있는 코미디 작가라 하더라도 표현할 수 없을 것 같은 말들이 그녀의 입에서 거침없이 쏟아졌다. 빈정대는 말이며 순진한 웃음, 그리고 악과 선에 대해 경멸하는 듯한 말투…….

그녀의 말은 짧으면서도 광채가 났다. 그녀의 재빠른 대답 속에는 재치가 넘쳐흘렀으며 비난 속에는 진리가 담겨 있었다. 거기에는 참으로 깜찍하고 소녀다운 단순함이 들어 있었다.

그녀는 에피모비치가 사랑을 고백하는 동안, 그의 제스처와 얼굴을 바라보고는 빙긋이 웃었다. 그런데 그가 어깨에 손을 올려놓으려는 순간 그녀는 쌀쌀맞게 밀쳐 냈다. 그녀가 그렇게 반항할 줄 몰랐던 에피모비치는 무척 당황한 표정으로 물러났다.

처음에 나는 그녀가 상대방에게 애교를 떠는 것이라고 생각했다. 즉, '타락하고 귀여운 어떤 여자가 자기 가치를 높이기 위해 재치를 자랑하는 것'이라고 상상했던 것이다.

그러나 그게 아니었다. 그녀의 진심이 태양처럼 온 세상에 모습을 드러냈다. 그녀가 처음 그 남자를 만났던 것은 나에 대한 충동적인 미움 때문이었다. 그러나 막상 만나고 보니 사실이 보다 더 명확해졌던 것이다.

그녀는 자포자기와 절망감으로 나를 모욕하려고 애썼다. 그리고 아주 쉽게 뭔가를 해 보려고 뛰어들긴 했지만, 그녀의 착한 심성이 사내의 볼썽사나운 행동을 더 이상 두고 보지는 못했던 것이다.

그렇게 순수하고 티 없이 맑은 그녀가 마음속에 엉뚱한 생각을 품고, 에피모비치 같은 건달에게 과연 유혹당할 수 있었겠는가? 그녀는 다만 그자의 우스갯소리에 잠깐 재미를 느꼈을 뿐이었다. 그녀의 착한 영혼이, 나 때문에 잠시 분개심과 빈정거림 근처를 배회했던 것이다.

광대 같은 에피모비치는 일순 당황했다. 나는 혹시 녀석이 복수하려는 야비한 열망 때문에, 감히 그녀에게 이상한 행동을 취하지는 않을까 염려되었다. 그렇게 생각될 정도로 에피모비치는 숨을 씩씩거리고 눈살을 찌푸린 채 앉아 있었다.

나는 그제야 덤덤한 마음으로 염탐을 계속할 수 있었다. 사실 나로선 그렇게 옆방을 지켜보는 것 외에는 아무런 할 일이 없었다. 내 호주머니 속에는 권총이 들어 있다. 하지만 내가 예견한 일이 실제로 그 방 안에서 이루어졌다 할지라도 나는 그것을 사용할 엄두는 내지 못했을 것이다.

나는 그녀가 어떤 행동을 취하든 비난할 생각은 없었다. 다만 내가 예상했던 장면을 확인하기 위해 그곳으로 달려갔을 뿐이었다. 이 말은 진실이다. 내가 과연 그녀를 이상한 여자라고 함부로 나무랄 수가 있겠는가?

내가 무엇 때문에 그녀를 사랑했고, 또 무엇 때문에 그녀를 소중히 여겼으며, 또 무엇 때문에 그녀와 결혼했단 말인가?

　나는 옆방으로 뛰어들었다. 두 사람은 깜짝 놀랐다. 에피모비치가 벌떡 일어났다. 나는 그녀의 손을 잡고 집으로 돌아가자고 말했다. 에피모비치는 소리 높여 웃음을 터뜨렸다.

　"오, 나는 부부 간의 신성한 권리를 조금도 방해할 생각은 없네. 어서 데려가게! 자네도 알겠지만, 훌륭한 사람이라면 자네와 싸울 가치를 못 느끼지. 하지만 자네 부인을 존경하는 마음에서, 내가 자네 대신 이 부인께 봉사할 수는 있지. 자네가 생명을 걸고 나와 결투할 준비가 되어 있다면 말일세."

그는 내 뒤에서 큰 소리로 그렇게 외쳤다. 나는 문 쪽으로 그녀를 데려가면서 말했다.

"저 비열한 녀석이 방금 하는 소리를 당신도 들었겠지?"

나는 그녀의 손을 잡아끌었다. 그녀는 저항하지 않고 내가 이끄는 대로 따라왔다. 그녀는 이런 나의 행동에 크게 감동한 것 같았다.

드디어 집에 도착했다. 그동안 그녀는 얼굴색 하나 변하지 않았다. 방으로 들어서자 의자에 앉은 그녀는 나를 하염없이 바라보았다.

갑자기 그녀의 얼굴이 창백해지더니 빈정대듯 입술을 앙다물고 조금은 도발적인 자세로 나를 노려보았다. 나는 말없이 호주머니에서 권총을 꺼내 탁자 위에 내려놓았다.

그녀는 나와 권총을 번갈아 바라보았다. 문득 그녀의 눈에 두려움이 번지기 시작했다. 그 두려움은, 이윽고 내가 권총으로 자기를 쏘아 죽일 것이라는 확신으로 변했다.

그녀는 이미 권총에 익숙했다. 나는 항상 전당포에 권총을 장전해 두었다. 전당포를 개업하면서 나는 모제르처럼 커다란 개나 튼튼한 남자 하인을 곁에 두는 멍청한 짓은 하지 않았다. 손님들에게 문을 열어 주는 사람은 내 요리사였다. 그러나 나는 거래 도중 발생할지도 모르는 위급한 경우의 대비책으로, 항상 장전된 권총을 준비해 두고 있었던 것이다.

그녀는 처음부터 이 권총에 대단한 흥미를 가졌었다. 권총을 만지작거리며 그녀가 이것저것 물었을 때, 나는 총의 구조며 그 사용 방법까지 자세히 설명해 주었다. 한번은 과녁을 향해 총을 쏴 보라고 권하기도 했다.

나는 겁에 질려 있는 그녀를 외면한 채 웃옷의 단추를 풀고 침대에 벌렁 누웠다. 나는 몹시 지쳐 있었다. 시간은 벌써 열한 시였다. 그녀는 그 자리에 꼼짝 않고 앉아 있었다.

한 시간 뒤, 그녀는 천천히 일어나더니 촛불을 껐다. 그녀 역시 옷을 벗지 않은 채 벽 가까이 있는 소파에 드러누웠다. 그녀와 내가 같은 침대에 들지 않은 것은 그때가 처음이었다.

위험한 징조

나는 잠에서 깨어났다. 아침 여덟 시 전이었을 것이다. 주위는 이미 대낮같이 밝아 있었다. 나는 천천히 눈을 떴다. 그러자 간밤의 일들이 떠올랐다.

그녀는 권총을 들고 테이블 곁에 서 있었다. 그녀는 내가 깨어났다는 것을 아직 모르고 있었다. 그녀가 갑자기 총을 들고 내 쪽으로 다가왔다. 나는 재빨리 눈을 감고 자는 척했다.

그녀는 침대까지 와서 나를 내려다보며 멈췄다. 쥐 죽은 듯한 침묵이 침대 주변을 감쌌다. 나는 그 침묵 속에서 모든 것을 느낄 수 있었다.

그녀가 갑자기 움직였다. 나는 깜짝 놀라 눈을 뜨고 말았다. 그녀의 눈과 내 눈이 격렬하게 마주쳤다. 그녀는 내 관자놀이에 총을 겨누고 있었다. 온몸의 세포가 곤추섰다.

나는 얼른 눈을 다시 감았다. 그 순간 무슨 일이 일어나든 꼼짝

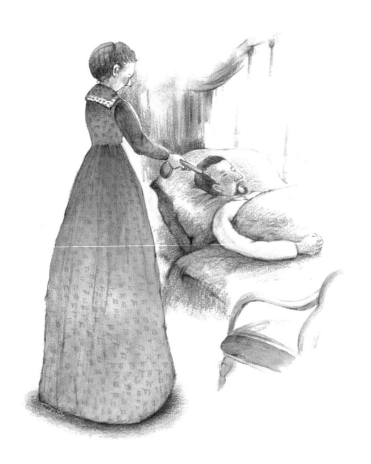

해서는 안 되며, 또한 눈을 떠서도 안 된다는 생각이 들었다.

깊이 잠든 사람이 갑자기 눈을 뜨는 경우가 종종 있다. 그럴 때는 잠시 머리를 들고 주위를 둘러보다가 다시 베개에 머리를 박고는 아무것도 기억하지 못한 채 곯아떨어진다. 그녀의 눈과 마주치고, 내 이마에 권총이 겨누어져 있다는 것을 느끼자마자, 나는 깊이 잠든 것처럼 다시 눈을 감았던 것이다.

아마 그녀는 내가 정말 자고 있었고, 또 아무것도 보지 못한 것으로 알았을 것이다. 권총이 자기의 관자놀이에 겨누어진 것을 알고도 다시 눈을 감는 사람은 아무도 없을 테니 말이다.

이건 정말 믿을 수 없는 사건이었다. 오, 일 분도 채 되지 않은 그 짧은 순간에 내 마음속에는 온갖 생각과 느낌이 회오리치며 마구 떠올랐다. 전기의 속도만큼이나 빠른 이 생각의 흐름!

이런 상황에서 만약 그녀가 내가 깨어 있다는 것을 눈치 챘다면, 나는 죽을 각오를 하고 그녀를 때려눕혀야 했을 것이다. 나만 떨고 있는 것이 아니었다. 그녀의 손도 떨리고 있었다. 나의 조그만 숨소리에도 신경이 쓰여 그녀는 망설였을지도 모른다.

흔히 절벽에 서 있는 사람은 뛰어내리고 싶은 충동에 사로잡힌다고 한다. 총도 다를 바가 없다. 방아쇠를 당기고 싶은 짜릿한 충동. 살인과 자살은 총이 손에 들려 있기에 가능한 일이다. 이 충동은 마치 가파른 절벽과도 같은 것이어서 누구나 그 앞에 서면 뛰어내리고 싶은 유혹에 빠질 것이다.

내가 잠들지 않았다는 사실을 알았다면, 자신을 방어하기 위해서라도 그녀는 방아쇠를 당겼을 것이다. 나는 꼼짝없이 침대에 누워 말 한마디 못하고 죽음을 기다리고 있는 셈이었다.

내 생명은 그녀의 손가락에 달려 있었다. 나는 그녀가 방아쇠를 당기는 순간만을 기다리는 수밖에 없었다. 잠깐의 침묵 끝에 갑자기 머리카락이 흘러내린 관자놀이에 차가운 쇳덩어리가 닿는 것이 느껴졌다.

누군가 나에게 이렇게 물을 수도 있다. 내가 거기서 빠져나올 것으로 자신하고 있었던 것은 아닌가 하고. 그렇다면 나는 솔직하게 대답하겠다. 만에 하나 요행수가 있었다면 모를까, 당시 그런 희망은 갖지 않았다고.

그렇다면 어떻게 해서 내가 그토록 선선하게 죽음을 받아들였을까? 그에 대한 대답은 너무나 간단하다. 내가 그토록 애지중지했던 그녀가, 날 향해 권총을 겨눈 이상 이제 나의 삶이란 게 도대체 무슨 소용이 있단 말인가?

뿐만 아니라 내가 그녀를 때려눕히고 살아난다 한들 무엇이 달라질 것인가? 우리 사이에는 끊임없는 투쟁과 생사를 가르는 결투의 날들만이 남아 있을 터인데……

나는 극도의 흥분 상태가 되었다. 그리고 몇 초가 지나갔다. 그녀는 날 내려다보며 여전히 옆에 서 있었다. 그러던 어느 순간이었다. 갑자기 이상한 느낌이 들어 나는 재빨리 눈을 떴다.

그녀가 없었다. 순간 말할 수 없는 흥분이 몰려왔다. 나는 몸을 벌벌 떨었다. 그녀가 방을 나가 버린 것이었다. 나는 침대를 박차고 일어났다. 내 마음은 언제 그랬느냐는 듯 새로운 희망과 기쁨으로 넘쳐나고 있었다.

나는 침대에서 내려와 차 주전자인 사모바르가 있는 곳으로 갔다. 차 주전자는 항상 바깥방에 있었고, 그녀는 아침마다 그곳에서 차를 따라 주었다.

여느때처럼 그녀가 앉아 있었다. 나는 말없이 탁자로 가서 그녀와 마주 앉았다. 그녀 역시 아무 일도 없다는 듯이 내게 차를 한 잔 따라 건네주었다.

나는 차를 마시면서 그녀를 찬찬히 살폈다. 전날 밤보다 훨씬 더 창백해 보였다. 그녀도 나를 바라보았다. 두 눈이 마주치자, 그녀는 창백한 미소를 그려 보였다. 하지만 맑은 두 눈에는 여전히 겁먹은 듯한 기운이 서려 있었다.

그녀는 아직도 뭔가를 의심하고 있었다. 조금 전 자신이 한 행동을 내가 알고 있는지, 혹은 모르고 있는지를 판단하려고 애쓰는 눈치였다. 나는 눈길을 돌리며 태연히 차를 마셨다.

차를 다 마신 뒤 나는 옷을 갈아입고 가게를 나와 시장으로 향했다. 그리곤 철 침대 하나와 칸막이를 사서 집으로 돌아왔다. 침대를 앞방에 들여 놓은 다음 칸막이로 막아 둘 생각이었다.

나는 그녀를 위해 산 물건이라고 말하며 그것들을 보여 주었다. 그녀는 그제야 내가 아침의 사건에 대해 모두 알고 있음을 눈치 챘다.

그날 밤, 나는 어제와 마찬가지로 권총을 탁자 위에 올려놓았다. 그녀는 말없이 새로 들여 놓은 자기 침대로 갔다. 이렇게 해서 우리의 결혼관계는 사실상 깨지고 말았다.

그녀는 밤새 헛소리를 했다. 아침이 되었을 때 그녀는 뇌수막염 증상을 보이기 시작했다. 이후 여섯 주 동안 그녀는 침대에 꼼짝없이 누워 지냈다.

고백

루케리야는 더 이상 이곳에서 살 수 없다며 아가씨의 장례가 끝나는 대로 집으로 돌아가겠다고 선언했다.

나는 무릎을 꿇고 기도했다. 오랫동안 그렇게 있고 싶었지만, 자꾸만 엉뚱한 생각이 떠올라 머리가 어지러웠다. 이런 식으로 기도해 봐야 무슨 소용이 있나 하는 회의가 몰려들었다. 그것은 내가 저지른 죄악 때문이었다.

슬펐다. 가슴을 예리한 칼로 도려내는 것만 같았다. 소파에 가서 누웠다. 억지로 잠을 청해 보았지만, 좀처럼 잠이 오지 않았다. 오늘 밤은 아무래도 잠들기 어려울 것 같다. 아아, 불면의 밤……

그녀가 뇌수막염으로 병상에 누워 있을 때 루케리야와 나는 숙련된 간호사처럼 밤낮으로 보살폈다. 그녀를 위해서라면 무엇이든지 하고 싶었기 때문에, 나는 비용을 아끼지 않았다. 가까이에

사는 슈레드 박사를 수시로 불렀으며, 한 번 왕진할 때마다 10루블씩 주었다.

그렇다고 해서 나의 헌신적인 간호에 대해 생색을 낼 생각은 추호도 없었다. 아무튼 그 덕분이었는지는 몰라도 그녀는 점차 건강을 되찾았다.

그녀는 다시 일어났다. 그리고 이따금 내 방에 있는 안락의자에 조용히 앉아 있곤 했다. 그 의자는 그녀가 좀더 편안히 앉을 수 있도록 특별히 제작된 것으로, 다른 방에 있는 오래되고 낡은 의자와는 비교할 수 없는 것이었다.

우리는 서로의 시선을 피한 채 말이 없었다. 얼마의 시간이 흐른 뒤 일상사에 관한 의례적인 말을 주고받았을 뿐이었다. 나는 의도적으로 내 생각을 말하지 않았다. 그녀 역시 필요한 말 외에는 한마디도 꺼내지 않았다. 서로 침묵을 지키는 것이 그녀에게는 다행스러웠는지도 모른다. 그때 나는 이렇게 생각했다.

'아내는 지금 몸이 상했고, 내게 너무나 큰 마음의 짐을 지고 있다. 그러니 이제는 그때의 일을 잊고 마음을 편안하게 가지도록 만들어 줘야 해.'

그래서 우리는 점점 더 말이 없어졌다. 그렇지만 다가올 미래가 두려웠다. 그녀 역시 장차 우리 사이에 어떤 상황이 벌어지게 될지 조심스럽게 그려 보고 있었으리라. 나는 그녀가 머릿속으로 무슨 상상을 하고 있는지 무척 궁금했다.

좀더 자세히 말해 보겠다. 내가 그녀를 간호하는 동안 얼마나

마음고생을 했으며 비통해했는지, 아무도 모를 것이다. 하지만 나는 그 슬픈 감정을 가슴 깊숙이 묻어 둔 채 내색하지 않았다. 심지어는 함께 간호했던 루케리야조차 나의 그런 심정을 눈치 채지 못했다.

우리 두 사람 사이에 얽혀 있는 모든 진실을 캐내지 못한 채 그녀가 죽는다는 것을 나는 상상할 수 없었고, 또 감히 인정할 수도 없었다.

그녀가 위기를 넘기고 건강을 다시 회복하기 시작했을 때 나는 안도의 한숨을 내쉬었다. 그리고 가능한 한 앞날을 생각하지 않기로 했으며, 서로 감정을 상하게 했던 모든 일들은 아예 없었던 일로 치부하려 했다.

그 당시에는 뭔가 이상하고 특이한 감정이 나를 들뜨게 만들었다. 나는 승리한 것이다. 그녀는 나와의 싸움에서 패배했으며 앞으로는 좀더 고분고분해질 것이다. 나는 그런 사실을 생각하는 것만으로도 즐거웠던 것이다.

그해 겨울은 그렇게 지나갔다. 그리고 나는 여태껏 한 번도 느껴보지 못한 만족감을 느꼈다. 그런 기분은 겨울 내내 지속되었다.

그때까지 내 주위의 상황은 정말 지독하게 힘들었다. 나는 매일같이 고통스런 삶의 중압감에 시달렸다. 예를 들어 군대에서의 불명예제대만 해도 그랬다.

간단히 말하면, 나는 군대의 독재적인 불의에 희생당했던 것이다. 까다롭고 엉뚱한 면이 있는 나를 동료들은 그다지 좋아하지 않았다.

오! 그러고 보니 나는 지금까지 아무에게도 사랑받지 못했다. 학교에 다닐 때도 그랬다. 나는 언제나, 또 어디서나 따돌림을 받았다. 이제는 루케리야조차도 나를 좋아하지 않는다.

군대에서 발생한 그 사건은 사람들이 두고두고 나를 미워하는 이유였다. 하지만 그것은 그냥 지나쳐 버릴 수도 있는 우연한 사고에 불과했다. 사실 그런 사고로 인해 매장당하는 것보다 더 분통 터지는 일이 어디 있겠는가? 그때 일어난 사건의 전말은 다음과 같다.

나는 극장에서 연극을 관람하고 있었다. 그러다 쉬는 시간이 되어 매점에 갔다. 차를 한 잔 시켜 막 마시려는 순간, 경기병 한 명이 매점 안으로 들어섰다. 그는 내 옆자리에서 다른 두 명의 경기병들과 큰소리로 지껄이기 시작했다. 그는 우리 연대의 베줌체프 대위가 길거리에서 창피한 짓거리를 하고 돌아다녔으며, 또 술에 만취해 있었다고 떠벌렸다.

나중에 확인해 본 결과 그 경기병의 얘기는 사실과 달랐다. 그날 베줌체프 대위는 술에 취해 있지도 않았고, 창피한 짓거리로 명예를 더럽힌 적도 없었다. 어쨌든 그 문제는 거기서 끝이 났고, 나는 차를 다 마시고 난 후 연극을 마저 보기 위해 극장 안으로 들어갔다.

그런데 다음날 내가 연대로 돌아가자 이상한 소문이 퍼져 있었다. 그때 매점에는 장교가 딱 한 사람 있었는데, 그게 바로 나였으며, 경기병이 베줌체프 대위를 모욕하는 말을 했는데도 그를 꾸짖거나 만류하지 않았다는 것이다.

나는 어이가 없었다. 도대체 내가 무슨 근거로 그 경기병을 꾸짖고 만류해야만 했는가? 설사 그가 베줌체프 대위에게 악감정을 품고 한 말이더라도, 그것은 두 사람 간의 개인적인 문제일 뿐 내가 끼어들어야 할 이유는 없었다.

그런데 장교들은 그 문제가 개인적인 것이 아니라 연대의 명예가 걸린 일이라고 우겼다. 뿐만 아니라 우리 연대 소속의 장교는 오직 나 하나뿐이었다고 떠들어 댔다.

나는 매점에는 나 말고도 여러 명의 장교가 있었는데, 그 어느 누구도 나서지 않았다고 항의했다. 하지만 그들은 내 말을 곧이듣지 않았다. 그들은 오히려 지금 당장 그 경기병에게 공식적인 사과를 받아 내고 따끔하게 혼내 주라고 다그쳤다. 나는 그렇게 할 생각이 전혀 없었다. 사실을 왜곡하는 일에 화가 났다. 그래서 일언지하에 거절하고 말았던 것이다. 그것이 내가 군복을 벗게 된 사건의 전모였다.

나를 지긋지긋하도록 불행하게 만든 군대 이야기는 그 이상 덧붙일 것이 없다. 나는 미련 없이 연대를 떠나기는 했지만, 정신적으로 큰 충격을 받았다. 그 이후 나는 완전히 풀이 죽어 지냈다.

모스크바에 있던 매형이 우리 집 재산을 몽땅 탕진해 버린 것도 바로 그 무렵이었다. 비록 재산은 적었지만, 거기에는 내 몫도 포함되어 있었다.

그것마저 잃어버리고 나자 나는 거처할 집도, 돈 한 푼도 없는 빈털터리가 되고 말았다. 일자리를 구해야 했지만 의욕조차 없었다. 장교로 제대한 후라 철도 노동자와 같은 막일은 엄두가 나지 않았다. 나는 창피하면 창피한 대로, 불명예스러우면 불명예스러운 대로 나에게 주어진 길을 가기로 했다.

그 이후 악몽 같았던 3년간의 세월이 시작되었다. 나는 부랑자 같은 몰골로, 노름판과 술집이 있는 비야젬스키의 뒷골목을 어슬렁거렸다.

그러던 중 예상치 않았던 행운이 굴러들어 왔다. 지금으로부터 1년 6개월 전에 부유했던 나의 대모가 모스크바에서 돌아가셨는데, 놀랍게도 나에게 3천 루블의 유산을 남겨 놓으셨던 것이다. 그것은 결코 적은 액수가 아니었다. 나는 그 유산으로 평소 생각해 왔던 일을 시작했다.

나는 사람들이 경멸하는 전당포를 개업했다. 그리고 될 수 있으면, 과거를 모두 잊어버리고 새 삶을 시작하기로 마음먹었다. 하지만 군대에서의 불명예스런 제대와 방탕했던 과거가 매일 매일 나를 괴롭혔다.

우연인지는 모르겠지만, 바로 그 시기에 나는 그녀와 결혼했다. 그녀를 집에 데려왔을 때 나는 드디어 친구를 얻게 되었다고 생각했다. 그때 나는 정말 진실한 친구가 필요했기 때문이었다.

가정교육도 잘 받고, 학교 공부도 마쳤을 뿐만 아니라 순종의 미덕까지 갖춘 친구.

하지만 그녀는 나의 불명예제대와 전당포에 대한 편견을 버리지 못한 열여섯 살의 소녀에 불과했다. 그런 그녀에게 모든 것을 일목요연하게 설명하기란 불가능했다.

만약 이 끔찍한 권총 사건이 없었더라면, 그리고 내가 군대에서 겪은 일과 그 이후 내가 겪은 고난을 설명하지 않았더라면, 그녀는 나에 대한 편견을 영원토록 버리지 못했을 것이다.

그러고 보면 권총 사건은 아주 적절한 때에 벌어진 셈이다. 생명을 내건 테스트를 거치면서 나는 과거의 우울했던 모든 일을 극복할 수 있었다. 그러나 그녀는 나의 적들, 이를테면 에피모비치 같은 인간들과 어울리는 잘못을 저질렀다. 이제 그녀는 자신이 저지른 잘못을 분명히 깨닫게 된 것이다.

그것은 매우 중요한 일이었다. 왜냐하면 그녀는 나의 모든 것이었고, 꿈속에서도 흠모했던 미래의 희망이었기 때문이다. 그녀는 내가 이제껏 한 번도, 그렇게 정성을 들여 본 적이 없는 유일한 인격체였다. 나는 그녀 외에는 어느 누구도 필요치 않았다.

그녀는 더 이상 나를 악당으로 보지 않았다. 기껏해야 이상한 사람 정도로 여겼을 뿐이었다. 그녀가 나를 이상하게 본다 해도 나는 불쾌하지 않았다. 때때로 남자의 이상한 행동이나 말은 여성의 마음을 매료시키기도 하는 것이다.

그러나 잘못된 것이 있다. 그것은 내가 미래를 너무 낙관했다

는 점이다. 적어도 나는 목표가 달성되는 그날까지 그녀가 기다려
줄 것이라고 믿었던 것이다. 겨울은 그렇게 지나가 버렸다.

나는 그녀를 훔쳐보기를 좋아했다. 그녀는 바느질하느라 바빴
으며, 때로는 저녁에 서가에서 책을 꺼내 읽기도 했다. 밖으로 나
가는 일은 거의 없었다. 그래서 나는 식사 후 땅거미가 지기 시작
할 무렵이면 그녀와 함께 산책을 즐겼다.

우리는 말을 극도로 아꼈다. 화기애애한 대화를 하고 싶었지
만, 자극적인 대화가 될까봐 일부러 피한 것이었다. 사실 '그녀에
게 깨닫는 시간을 주는 것'이 나의 생각이었으므로 서로의 절제
된 대화가 나쁠 리 없었다.

겨울 내내 그녀는 나를 똑바로 쳐다보지 않았다. 그럴 용기가
나지 않는 것 같았다. 게다가 그녀는 아프고 난 후 더욱 초췌해졌
고 겁도 많아졌다. 그런 느낌을 받을 때마다 나는 속으로 마음을
다그쳤다.

'기다려라. 기다리면 나아지겠지. 좀더 있으면 예전처럼 나에
게 달려와 매달리겠지.'

그런 생각을 할 때마다 나는 더없이 황홀해졌다. 이따금씩 그
녀가 실제로 권총을 쏘았을 경우를 상상해 보았다. 내 마음에 어
떤 분노가 피어오르는지를 시험하기 위해서였다. 하지만 아무런
반응도 나타나지 않았다. 오히려 그때의 상황은 내가 스스로 꾸며
낸 연극처럼 느껴질 때가 많았다

각자의 침대를 쓰면서 부부 관계는 끊어졌지만, 나는 결코 그녀를 죄인으로 여긴 적이 없었다. 그것은 우리가 각자의 침대를 쓰기 전부터 지녔던 생각이었다.

그해 겨울 나는 그녀에게서 칭찬 받을 만한 일을 몇 가지 했다. 고객 몇 사람의 빚을 탕감해 주었으며, 가난한 어느 여인에게 아무런 담보도 없이 돈을 빌려주기도 했다.

물론 이런 일을 아내에게는 말하지 않았다. 실제로 나는 이 일에 대해 그녀가 알아야 한다고는 생각지 않았다. 며칠 후 그 여인이 돈을 갚으러 와서 거의 무릎을 꿇다시피 하며 내게 감사를 표했을 때 아내는 매우 기뻐하는 것 같았다.

긴 겨울이 끝나고 봄이 오고 있었다. 4월 중순의 어느 날, 우리는 꼭꼭 닫아 두었던 문을 떼어 냈다. 그러자 조용한 방 안으로 봄빛이 쏟아져 들어왔다. 하지만 그즈음 내 눈에는 알 수 없는 베일이 드리워지고 있었다. 어느 때부터인가 내 마음의 눈이 멀게 된 것이다.

치명적이고 끔찍한 베일! 도대체 어떻게 해서 내 눈에 비늘 같은 것들이 느닷없이 나타나게 되었을까? 그게 우연이었을까? 아니면 때가 되었기 때문이었을까? 아니면 반짝이는 봄 햇살이 눈을 멀게 했던 것일까?

내 가슴 밑바닥에 웅크리고 있던 감정이 고개를 들고 꿈틀했다. 영혼은 일순 어둠에 휩싸였고, 악마 같은 교만이 되살아났다.

그것은 전혀 예상치 못한 순간에 땅 속에서 불쑥 솟아올랐다. 정말이지 그 일은 순식간에 일어난 것이었다. 어느 날 저녁 무렵, 그러니까 식사를 마친 다섯 시쯤이었다.

따뜻한 바람

우선 한마디만 고백하겠다. 한 달 전, 나는 아내에게 이상한 증상이 있음을 발견했다.

단순한 침묵이 아닌 우울증, 그것을 알게 된 것은 아주 우연한 계기에서였다. 그녀는 의자에 앉아 머리를 숙인 채 바느질을 하고 있었는데, 내가 자신을 훔쳐보고 있다는 것을 전혀 알지 못했다.

그녀는 언제나 아름다웠고, 날씬한 몸매를 유지하고 있었으므로 나는 가슴이 뿌듯했다. 그런데 그날따라 문득, 그녀의 안색이 창백하고 입술이 파리하게 말라 있음을 알고 강한 충격을 받았다.

그녀는 가끔 마른기침을 내뱉었다. 밤이 되자 더욱 심하게 기침을 했다. 나는 즉시 슈레드 씨에게 사람을 보내 왕진을 부탁했다. 물론 그녀에게는 아무런 내색도 하지 않았다.

다음날 아침 일찍 슈레드 씨가 집에 찾아왔다. 그녀는 갑자기 들이닥친 의사와 나를 번갈아 쳐다보면서 긴장하는 기색이 역력

했다.

"난 건강해요."

그녀가 조금 어색한 미소를 지으며 말했다. 본래 슈레드 씨는 검진에 그리 신경 쓰는 의사가 아니었다. 그날도 슈레드 씨는 거만한 태도로 검진을 하더니, 나를 다른 방으로 데리고 가서 그녀의 상태를 설명했다.

그의 말에 따르면, 그녀의 병은 대단한 게 아니고 지난번 병의 후유증이다, 봄이 좀더 무르익으면 바다로 여행을 떠나 보라, 만약 그것이 불가능하다면 여름철 교외의 작은 별장에서 휴식을 취하는 것이 좋겠다는 것이었다.

따지고 보면 그는 그녀의 몸이 매우 허약해졌다는 것 외에 다른 증상은 발견하지 못했던 것이다. 슈레드 씨가 돌아간 뒤 그녀는 진지하게 나를 바라보면서 말했다.

"난 건강한 편이에요. 정말 건강하다고요."

그녀는 말을 하면서 갑자기 얼굴을 붉혔다.

왜 얼굴을 붉혔을까? 내가 여전히 자기의 남편이란 것과 자기를 보살펴주고자 한다는 사실에 갑자기 부끄러워졌던 것일까? 하지만 당시 나는 그녀가 얼굴을 붉힌 진정한 이유를 알지 못했다. 그녀는 이미 겸손해졌고, 마음속 깊이 내게 순종하고 있었던 것이다.

그렇게 또 한 달이 지나갔다. 4월의 밝게 갠 어느 날 오후 다섯

시, 나는 장부를 정리하면서 가게에 앉아 있었다. 그때 갑자기 부드러운 노래 소리가 흘러 나왔다.

그녀가 방 안에서 노래를 부르고 있었던 것이다. 그녀가 다시 노래를 부르다니? 거센 파도 같은 세찬 감동이 내 가슴에 밀려왔다. 달콤한 신혼 시절, 나는 그녀가 불러 주는 노래를 들으면서 활짝 웃었었다. 어떤 목표를 세우고, 함께 열심히 노력할 때도 그녀의 노래는 끊이지 않았다. 그런데 어느 순간부터 나는 그녀의 노래 소리를 듣지 못했던 것이다.

그녀의 목소리는 다소 강렬한 것 같으면서도 은은하게 울려 퍼졌다. 그런데 후반부에 접어들자 그녀의 노래 소리가 점점 희미해지기 시작했다. 그런 현상이 우울증에서 비롯된 것 같지는 않았다. 무슨 노래인지는 몰랐으나 발라드 풍이었다.

노래가 거의 끝나 갈 무렵, 나는 그녀의 목소리가 이상하게 변했다는 것을 알았다. 그녀의 목소리가 아니었다. 그녀가 부른 노래 자체가 무슨 병이라도 걸린 것 같았다. 마치 금이 가고 깨진 것 같은 카랑카랑한 목소리가 나를 어리둥절하게 만들었다.

내가 혼란스러워 하고 있을 때, 그녀는 톤을 낮춰 마지막 부분을 노래하고 있었다. 그러다가 갑자기 높은 음에서 그녀의 목소리가 뚝 끊겨 버렸다. 그 가엾고 귀여운 목소리가 한순간 너무나도 불쌍하게 끊어져 버렸던 것이다. 그녀는 목을 가다듬고 다시 노래하기 시작했다.

그때였다. 내 감정이 이상하게 실룩거리며 우스꽝스럽게 변하는 것 같았다. 그렇지만, 왜 그런 현상이 일어났는지는 아무도 모를 것이다. 사실 나는 그때까지만 해도 그녀에 대한 동정심이 완벽하지 못했다. 내가 그녀의 노래에 감동을 받은 것, 그것과는 조금 다른 문제였다.

어쨌든 처음 몇 분 동안 나는 갑작스럽게 밀어닥친 당혹감과 견딜 수 없이 끔찍한 감탄으로 가득 차 있었다. 고통스러우면서도 거의 분노가 치밀 것 같은 그런 기쁨으로 말이다.

"그녀는 지금 노래를 부르고 있어. 내 앞에서 말야. 이제 그녀는 나의 존재를 잊어버린 거야."

나는 그런 기분에 압도당한 채 그 자리에 멍하니 앉아 있었다. 그러다가 갑자기 일어나서 모자를 쓰고, 여느 때와는 달리 아무 생각도 없이 밖으로 나갔다. 내가 어디로 가는지, 그리고 왜 그렇게 쫓기듯 가야 하는지조차 알지 못했다. 방문을 나서려는데 루케리야가 겉옷을 건네주었다.

"마님이 노래 부르고 있지?"

내가 이렇게 묻자 루케리야는 무슨 뜻인지 모른 채 멀거니 쳐다볼 뿐이었다. 사실 나도 내 기분을 이해할 수 없었다.

"노래 부르는 게 이번이 처음인가?"

"아녜요. 주인님이 안 계실 때 마님은 종종 노래를 부르곤 했어요."

나는 아래층으로 내려갔다. 그리고 밖으로 나가 여기저기 아무 곳이나 걸어 다녔다. 길모퉁이를 돌아 먼 곳을 바라보았다. 수많은 사람들이 내 곁을 스쳐 지나갔다. 나는 그저 물 위를 떠밀려 다니는 부평초 같았다.

누군가가 길을 비키라고 나를 떠밀었다. 하지만 나는 그조차 느끼지 못할 만큼 무감각해져 있었다. 나는 택시를 불렀다. 이유는 묻지 말고, 그냥 폴릿세이스키 다리로 가자고 택시 기사에게 말했다. 목적지에 도착한 순간, 나는 갑자기 마음이 변해 택시 기사에게 20코페이카를 주며 말했다.

"이건 내가 당신을 귀찮게 했기 때문에 주는 거요."

나는 미소를 지어 보이며 택시에서 내렸다. 그때 갑자기 황홀한 어떤 기분이 내 마음속 깊은 곳에서 솟구쳐 오르기 시작했다.

나는 발길을 돌려 집으로 돌아왔다. 그 가엾고 귀여운, 그러면서도 카랑카랑하게 금이 간 그녀의 노래가 내면에서 다시 울려 퍼지고 있었다. 숨이 차 올랐다. 드디어 내 눈을 가리고 있던 베일이 한 꺼풀 벗겨졌다.

그녀는 노래를 부르면서부터 나의 존재를 잊게 된 것이다. 전당포 주인인 나의 존재를, 불행했던 군대 시절의 나와 늘 침묵과 엄숙만을 강요했던 나의 존재를 말이다. 그녀는 그런 식으로 나를 잊으려 한 것이다.

이런 사실을 깨달은 순간, 내 영혼 속에서는 어떤 황홀감이 빛을 내듯 작열했다. 하지만 또 한편으로는 내가 그녀로부터 완전히 잊혀진 존재가 되어 버리면 어떻게 하나 하는 끔찍하고 두려운 생각이 들었다. 나는 초조해지기 시작했다.

오! 그것은 운명의 아이러니였다. 겨울 내내 영혼 속에서 광란의 환희를 체험하면서도 나는 왜 이제야 그것을 깨닫게 되었을까? 그리고 나는 그러한 행동밖에 취할 수 없었단 말인가? 내 영혼은 진정 내 것이었으며, 나는 과연 제정신이었는가?

나는 급하게 계단을 뛰어올라 갔다. 그 당시 내가 겁에 질려 있었는지는 기억이 잘 나지 않는다. 다만 마루 전체가 흔들려 내가 마치 강물 위에 떠 있는 것 같은 느낌만이 기억날 뿐이다.

나는 그녀가 있는 방으로 들어갔다. 그녀는 아까와 마찬가지로 테이블에서 바느질감을 내려다보며 머리를 숙이고 있었다. 그녀는 노래를 부르고 있지 않았다. 그녀는 무심한 표정으로 나를 바라보았다. 그것은 나를 바라보는 눈빛이 아니었다. 누군가가 안으로 들어오는 것을 느끼고, 그저 습관적이고 무관심한 상태에서 반사적으로 행하는 동작이었다.

나는 미치기라도 한 것처럼 단숨에 그녀에게 다가갔다. 깜짝 놀란 그녀가 고개를 들었다. 그녀의 눈망울은 잔뜩 겁을 집어먹고 있었다. 나는 그녀의 손을 잡았다. 그때 무슨 말을 했는지는 잘 기억나지 않는다. 아무튼 나는 당시 제대로 말을 할 수도 없는 그런 상태였다. 입 밖으로 튀어나온 목소리는 그저 더듬거리기만 할 뿐이었다. 사실 무슨 말을 해야 할지도 몰랐다. 다만 거칠게 헐떡거리며 더듬거릴 뿐이었다.

"우리 이야기 좀 하자고…… 당신도 말이지…… 내게 아무 말이나 좀 해 봐요!"

나는 그렇게 중얼거렸다. 오! 어쩌면 내가 그렇게 바보 같을 수 있었는지!

그녀가 화들짝 놀라며 몸을 뒤로 젖혔다. 그리곤 눈을 동그랗게 치뜨며 내 얼굴을 쳐다보았다. 그 눈에는 놀랍게도 엄숙한 기운이 서려 있었다. 그렇다. 갑자기 나타난 그 엄숙함이 나를 한순간에 산산조각 내고 말았다.

'당신은 아직도 사랑을 기대하고 있는 건가요? 제 사랑을 말예요?'

그녀의 눈은 그렇게 말하고 있는 것만 같았다.

'제 사랑 같은 건 기대하지 않는 줄로 알았는데요.'

나는 한순간에 그녀가 눈으로 말하는 그 모든 것을 읽어낼 수 있었다. 그러자 마음속에 주체할 수 없는 격정이 차올랐다. 나는 몸을 던져 그녀의 발밑에 엎드렸다. 그러자 그녀는 당황한 듯 벌떡 일어나려고 했다. 순간 나는 강제로 그녀의 두 손을 붙들었다.

갑자기 한없는 절망감이 밀려들었다. 그 절망감을 뚫고 황홀한 기분이 격렬하게 솟구쳤다. 문득 그 자리에서 죽어도 좋다는 생각까지 들었다. 나는 거의 정신착란을 일으킬 것만 같았다. 나는 미친 듯한 희열을 입술에 담아 그녀의 발에 키스를 퍼부었다.

나는 울면서 고백하고 싶었다. 그러나 뭐라고 말할 수가 없었다. 그녀의 눈에 놀라움과 엄숙함이 뒤엉켰고, 왠지 모를 불안감으로 떨고 있었다. 그녀는 이상한 눈으로, 아니 심지어 광포한 눈으로 나를 쳐다보았다. 그리곤 알 수 없는 미소를 띠며 나의 이상

한 행동을 받아들이려 했다.

그녀는 내가 자신의 발에 키스한 것이 부끄러웠던지 치마 속으로 발을 감추었다. 그래서 나는 그녀의 발이 놓였던 마룻바닥에 키스했다. 그녀가 갑자기 부끄러운 듯 웃었다. 나는 그녀의 손이 떨리고 있는 것을 보았다. 하지만 아랑곳하지 않고, 내가 그녀를 사랑하고 있으며 이 상태로는 바닥에서 일어설 수가 없노라고 계속 중얼거렸다.

"당신 옷에 키스하게 해 주오. 그리고 내 전 생애를 바쳐 당신을 지금처럼 숭배하게 해 주오."

그 다음엔 무슨 말을 지껄였는지 기억나지 않는다. 그때였다. 침묵을 지키고 있던 그녀가 갑자기 흐느끼기 시작했다. 그녀는 온몸을 부들부들 떨었다. 그러고는 끔찍한 히스테리를 일으켰다. 내가 한 말과 행동이 그녀에게 일순 공포를 안겨 주었던 모양이었다.

나는 그녀를 안아 침대로 옮겼다. 한바탕의 소동이 지나가자 그녀는 침대 끝에 앉아 지친 표정으로 나를 바라보았다. 그러고는 내 두 손을 잡으며 제발 진정해 달라고 간청했다.

"이리 와요. 제발, 자신을 학대하지 말고, 진정해요!"

그러면서 그녀는 다시 소리 내어 울기 시작했다. 그날 저녁 내내 나는 그녀의 곁을 떠나지 않았다. 잠시 후 나는 그녀에게 앞으로의 계획을 설명해 주었다.

"나는 당신을 볼로뉴로 데려가고 싶소. 그 바닷가는 지금쯤 맑은 공기와 햇볕이 가득하고 해수욕도 할 수 있을 거요. 거기서 한 2주 정도 지냅시다. 그러면 당신의 병도 나아질 거요."

또한 나는 오늘 오후 그녀의 허스키한 노래를 들었으며, 그때 내 마음에서 격정이 치솟아났다는 얘기도 숨기지 않고 말해 주었다.

"당신이 원한다면 전당포를 다른 사람에게 팔아 버릴 생각도 있소. 그리고 새롭게 시작하는 거요."

그녀는 내 말을 주의 깊게 듣고 있었지만, 여전히 두려워하는 기색이 역력했다. 아니 전보다 훨씬 더 어두웠다. 하지만 나는 개의치 않았다. 현재 나의 문제는 시간이 갈수록 나 스스로를 억제하지 못한다는 점이었다.

다시 그녀의 발에 키스하고 싶은 욕망이 솟아났다. 그때는 오로지 그녀를 숭배하고자 하는 마음뿐이었다. 나는 간절하게 부탁했다.

"나는 당신 이외에는 그 어떤 것도 원치 않소. 내 말에 대답하지 않아도 돼요. 그리고 나에 대해 전혀 신경 쓰지 말아요. 단지 당신을 지켜보게만 해 주오. 나를 당신의 개처럼, 당신의 물건처럼 그렇게 대해 주오."

그러자 그녀는 다시 눈물을 흘리기 시작했다.

"그동안 나는 당신이 나를 버린 줄로 생각했어요."

눈물이 볼을 타고 무릎 위까지 굴러 떨어졌다. 너무나 무의식적인 말이어서, 그녀는 자기가 무슨 말을 했는지조차 알아차리지 못한 것 같았다.

그렇지만, 오! 세상에, 그것은 가장 의미심장하고도 가장 중요한 말이었다. 그 말은 그날 저녁 그녀가 한 말 중에서 가장 핵심적인 대목이었고, 내가 이해할 수 있는 가장 쉽고 확실한 말이었다.

그것은 마치 비수로 내 심장을 도려내는 듯 통렬했다. 그 말은 내게 모든 것을 설명해 주었다. 그녀가 내 곁에 있는 한, 나는 다시 희망으로 가득 찰 수 있었다. 그 말은 나를 끔찍하도록 행복하게 만들었다.

오! 나는 그녀를 두려움에 휩싸이게 했으며 지치게 만들었다. 그것을 나는 누구보다 잘 알고 있었다. 하지만 나는 줄곧 그 자리에서 모든 것을, 뒤바꾸어 놓아야 한다고 생각하고 있었다.

밤이 깊어졌다. 그녀는 지친 표정이었다. 내가 자라고 권하자, 그녀는 금방 깊은 잠에 곯아떨어졌다. 그날 밤 나는 매분마다 일어나서 슬리퍼를 조심스럽게 끌며 잠든 그녀를 보러 갔다.

자고 있는 그녀의 손을 꼭 쥐어 주었다. 3루블을 주고 그녀에게 사 준, 그 작고 기분 나쁜 침대 위에서 그녀는 세상 모르게 잠들어 있었다. 잠든 그녀의 모습은 평화롭게 보였다. 문득 나는 그녀에게 키스하고 싶어졌다.

하지만 동의 없이 자고 있는 그녀의 발에 감히 키스할 수는 없었다. 나는 침대맡에 엎드려 잠깐 동안 기도를 드렸다. 그러던 중 이상한 생각이 들어 벌떡 일어났다.

루케리야가 내 행동을 밖에서 지켜보다가 나와 눈이 마주쳤다. 나는 그녀에게 안심하고 가서 자라고 말했다. 나는 스스로에게 다짐하듯 말했다.

'내일이면 모든 게 새로워지고, 많은 일이 벌어질 거야.'

미친 듯한 희열이 마음속에 넘쳐흘렀다. 나는 빨리 이 밤이 지나가기를 애타게 염원했다. 불길한 생각이 들면서도 모든 것이 잘되어 가리라고 철석같이 믿고 있었던 것이다.

오! 그런데 베일이 내 눈에서 이미 벗겨졌는데도, 내게는 이성이 돌아오지 않았다. 나의 이성은 오랫동안, 아니 결정적인 순간까지도 되돌아오지 않았던 것이다. 오늘, 바로 이 순간까지도! 그렇다. 그 당시 내가 어떻게 이성을 되찾을 수 있었겠는가? 그때까지 그녀는 내 눈앞에 살아 있었다.

'내일 그녀가 깨어나면 내가 아는 모든 것을 말해야지. 그녀에게 숨길 것은 아무것도 없어.'

나는 그렇게 생각했다. 황홀경에 빠져 있던 나로선 어떻게 하는 것이 옳은지 이성적인 판단을 할 수가 없었다. 오로지 그녀와 함께 볼로뉴로 떠난다는 생각뿐이었다. 그곳에 가면 우리 사이에 무엇인가 희망적인 일이 기다리고 있을 것만 같았다. 그래서 이렇게 마음속으로 외쳤다.

"볼로뉴로, 볼로뉴로!"

그렇게 나는 극도의 흥분 상태에서 아침이 오기만을 기다렸다.

이별

내가 지금부터 이야기하려는 것은 불과 5일 전에 벌어진 일이다. 그러니까 지난 화요일이었다. 그렇다. 조금만, 단지 조금만 더 그녀가 기다려 주었더라면, 우리 사이를 맴돌던 그 불행의 뭉게구름 덩어리를 멀리 던져 버릴 수 있었을 것이다.

내가 그토록 날이 밝기를 고대하던 바로 그날, 그녀는 혼란스러운 상황이었음에도 불구하고, 미소를 띤 채 내 말에 주의를 기울였다. 그날부터 지금까지, 즉 지난 5일 동안 내내 그녀는 내 말에 당황하기도 하고 부끄러워하기도 했다. 아니, 정확하게 표현하면 그녀는 두려워했다. 그것도 엄청나게 두려워했다. 내 말을 들으면서 그녀는 미치지는 않았지만, 극도의 공포심을 느꼈던 것이다.

우리는 아주 오랫동안 서로를 낯선 사람처럼 대해 왔다. 그 때문에 우리는 점점 더 멀어져 갔다. 그런데 나는 이 사실을 까마득히 잊은 채, 오직 새로운 삶의 시작이란 것에 눈이 멀어 있었던 것이다! 그것은 나의 명백한 실수였다.

어쩌면 그보다 더 많은 실수가 있었는지 모른다. 다음날 아침 잠에서 깨어나 내가 범한 최초의 실수는, 그녀를 내 친구로 만들려고 했던 일이다. 나는 성급했다. 너무 서두르고 말았던 것이다.

나는 내 말이 그녀에게 큰 두려움이 된다는 사실을 깨닫지 못한 채 많은 이야기를 했다. 그런 행동은 그녀와의 새로운 관계를 위해 불가피한 조치였다. 나는 지금까지 살아오면서 자신에게조차 비밀로 했던 것을 숨김없이 말했다. 겨울 내내 그녀의 사랑이 확실한 것인지를 생각하느라 다른 어떤 것도 돌보지 못했노라고 솔직하게 털어놓았다.

또 전당포 일이나 악착같이 돈 버는 일을, 스스로를 위안하는 수단으로 삼아 왔음을 분명하게 고백했다. 또 장교를 모욕한 경기병을 나무라지 못한 것은 실제로 비겁한 일이었으며, 그것은 결국 나의 기질 때문이었다고 설명했다. 당시 나는 보고 있던 연극의 분위기에 감격해 있었으며, 실제로 그 병사를 야단쳐야 할지에 대한 판단이 서지 않았다고 말했다.

"내가 결투를 두려워했던 것은 결코 아니오. 단지 그만한 일로 결투를 벌이는 것은 어리석은 짓이라고 생각했던 거요. 그후 나는 이 사실을 인정하려 하지 않음으로써 모든 사람을 괴롭혔소. 물론 내 자신도 이 일로 오랫동안 괴로웠던 것도 사실이오. 어쩌면 이 일로 스스로를 괴롭히기 위해 당신과 결혼했는지도 모르오."

내가 거의 광란에 가까운 태도로 고백을 늘어놓자, 그녀는 천천히 손을 뻗어 내 얼굴을 감쌌다. 그리곤 더 이상 아무 이야기도 하지 말라고 만류했다.

"당신은 지금 모든 사실을 과장하고 있어요. 자신을 학대하고 있단 말예요!"

그렇게 말하며 그녀는 다시 눈물을 흘렸다. 그리곤 제발 아무 말도, 아무런 회상도 하지 말라고 애걸했다. 나는 그녀의 간청을 무시한 채 내 기분대로만 지껄였다.

"우리 볼로뉴로 떠납시다! 거기는 광명이 있을 거요. 우리를 구원해 줄 새로운 희망 말이오!"

나는 계속 환희에 겨워 망상에만 매달려 있었다. 결국 나는 전당포를 정리해 도부론라포프에게 양도하겠다는 말까지 내뱉었다. 게다가 대모가 내게 남긴 3천 루블을 제외한 모든 돈을 가난한 사람들에게 나눠 주자고 제안했다.

3천 루블은 우리가 볼로뉴를 다녀오는 데 필요한 여행경비와 돌아온 후 일다운 일을 하며 새로운 생활을 시작하는 데 드는 비용이었다.

이런 제안에 대해 그녀는 아무 말도 하지 않았다. 다만 미소를 띠었을 뿐이다. 그 미소야말로 나를 실망시키지 않으려는 그녀의 세심한 배려라고 나는 단정했다. 그것을 무언의 승낙으로 받아들였던 것이다.

물론 내가 그녀에게 부담스러운 존재라는 것쯤은 알고 있었다. 나는 그 모든 것을 미세한 부분까지 느낄 수 있었다. 그리고 내 처지가 이제 돌이킬 수 없는 상황까지 와 버렸다는 사실도 훤히 알고 있었다.

　나는 나와 그녀에 관한 문제를 하나도 빼놓지 않고 말했다. 결혼 전에 루케리야를 매수했던 사실도 숨김없이 털어놓았다. 그리고 그동안 너무나 외로웠노라고 말했다. 그 다음에는 화제를 바꾸었다. 그리고 만약 그 일, 그 끔찍한 일이 일어나지 않았더라면, 모든 것이 다시 생명을 갖게 되었을 것이다.

　바로 그저께 우리는 독서에 대해 즉, 겨울 내내 그녀가 읽어 왔던 책에 대해 이야기를 나누었다. 그때 그녀는 『질 브라』와 『그라나다 대주교』의 줄거리를 회상하면서 내게 넌지시 웃음을 건넸었다. 얼마나 아름답고 순진한 웃음이었던가! 마치 우리의 노후 생활을 연상시키는 그런 모습이었다.

　나는 얼마나 기뻤는지 모른다. 나는 그녀가 들려준 대주교의 이야기에 깊은 감명을 받았다. 그녀 역시 그 책에 깊은 감명을 받았고, 웃음을 되찾을 만큼 여유를 갖게 되었다고 말했다. 또 책의 마지막 내용 때문에 조금 걱정스러웠다는 말까지 했다.

　"나는 당신이 그 책의 주인공처럼 나를 버리고 떠날 것이라고 생각했어요."

　이 말이 바로 그때, 화요일에 그녀가 내뱉은 말이었다. 오! 세상에, 어린아이와 같은 저 순진함! 그녀는 책의 내용이 현실에서 그대로 실현될 것이라고 믿고 있었다.

나는 다시 한 번 감격했다. 지금의 이 평화스러운 분위기가 깨지면 어쩌나 하고 불안하기까지 했다. 나는 지금처럼 각각의 의자에 앉아 서로가 예순 살이 될 때까지, 이렇게 달콤하고 평온한 대화를 나눌 수 있기를 기원했다. 그래서 나는 그녀 앞으로 다가서며 말했다.

"나는 당신의 사랑을 원하고 있소."

오, 이 망상! 오, 나의 이런 무지! 나는 광적인 희열에 빠진 눈빛으로 그녀를 바라보았던 것 같다. 그것이 나의 실수였다. 그런 말과 행동들이 그녀에게 겁을 주었던 것이다.

나는 그 이전에 자신을 통제했어야 했다. 그러나 이미 자제력을 잃고 있었던 나는, 말을 그쳐야 한다는 그녀의 구조 신호를 전혀 눈치 채지 못했다. 내 마음은 그저 그녀를 숭배하려는 열정에만 들떠 있었던 것이다. 그리하여 나는 결코 하지 말았어야 할 심경을 솔직하게 털어놓고 말았다.

"당신은 나와 비교할 수 없을 정도로 교양이 있소. 나는 당신이 훨씬 더 계몽적이라는 것을 나중에야 알았던 거요."

내 말에 그녀의 얼굴은 진홍빛으로 물들었다.

"그런 말은 더 이상 하지 말아요. 그것은 사실이 아니에요."

그녀는 내 말을 가로막으며 손을 내저었다. 그러나 나는 바보같이 자신을 억제하지 못하고, 왜 내가 그런 생각을 가지게 됐는지 늘어놓았다.

"사실 나는 그때 문 뒤에 서서 당신이 비열한 에피모비치를 어떻게 요리하는지 지켜보고 있었소. 정말 나는 그때 얼마나 기뻤는지 모르오. 당신은 내게 한 번도 한 적이 없는 총명한 말과 위트로써 그 녀석을 꼼짝 못하게 만들었소. 나는 당신이 그 순진하고 단순한 논리로, 녀석에게 하는 말을 얼마나 즐겁게 들었는지 모르오."

그러자 그녀는 부들부들 떨기 시작했다.

"당신의 말은 과장되었어요. 너무 과장되었다고요."

그녀는 이렇게 중얼거리더니 갑자기 안색이 창백해졌다. 급기야 그녀는 두 손으로 얼굴을 가리고 흐느끼기 시작했다. 그 모습이 또 나를 감동시켰다. 그래서 다시 엎드려 그녀의 발에 키스하기 시작했다. 그러자 그녀가 놀란 듯 다시 히스테리 증세를 일으켰고, 나는 멈추지 않으면 안 되었다.

그것이 바로 화요일에 있었던 일이다. 그러니까 바로 어제 저녁인 셈이다. 그리고 아침에는……

아침이었다. 글쎄, 그날 아침이 바로 오늘인 것이다. 바로 지금, 바로 이 시점! 이런 젠장!

우리는 찻물을 끓이는 사모바르 주전자를 사이에 두고 마주 앉아 있었다. 그녀는 지난 밤 히스테리를 일으킨 여인이라고는 믿어지지 않을 만큼 침착한 태도를 견지하고 있었다. 나는 그런 그녀의 모습을 보고 충격을 받았다. 사실 나는 어젯밤에 일어난 일 때문에 밤새도록 두려움에 떨었던 것이다.

그녀가 의자에서 일어나 나에게 다가왔다. 그러고는 두 손을 앞으로 꼭 모아 쥐면서 말했다.

"전 죄를 지었어요. 그게 무엇인지는 당신도 알 거예요. 전 그 죄로 인해 겨울 내내 큰 고통을 받아 왔어요. 그때의 죄가 지금도 절 가만 놔두지 않아요."

그러면서 그녀는 내가 취한 관대한 처사에 감사한다고 고백했다.

"앞으로 전 당신의 충실한 아내가 되겠어요. 당신을 존경하겠어요."

그 말이 끝나기가 무섭게 나는 벌떡 일어나 미친 사람처럼 그녀를 껴안았다. 그리곤 오랫동안 헤어졌다가 해후한 부부처럼 그녀의 얼굴과 입술에 열렬한 키스를 퍼부었다.

오늘 아침 나는 볼로뉴로 가기 위한 여권 문제로 잠깐 집을 비워야만 했다. 그 외출은 단지 두 시간밖에 걸리지 않았건만……. 오, 하느님! 내가 단지

5분, 5분만 너 일찍 돌아왔더라면!

문 밖에 서 있는 그 많은 사람들. 그들의 시선은 한결같이 나를 향해 고정되어 있었다.

루케리야가 벌벌 떨면서 서 있었다. 그녀는 오늘의 사건에 대해 모든 것을 다 알고 있는 유일한 사람이었다. 그러므로 그녀는 내가 집을 비운 사이 무슨 일이 일어났는지 들려주어야 했다. 그녀가 말했다.

"주인님이 집에서 나간 후, 그리고 다시 돌아오기 약 20분 전쯤에 저는 마님에게 물어볼 것이 있어서 방으로 갔어요. 어떻게 된 것인지 잘 기억할 수 없지만, 어쨌든 마님은 성화상 — 한때 내게 저당 잡히려고 했던 바로 그 성화상이었다 — 앞에서 기도를 드리고 있었지요."

루케리야는 침을 한 번 삼키고 나서 말을 계속했다.

"제가 물었지요. '지금 무얼 하고 있어요, 마님?' 하고 말이에요. 그랬더니 마님이 말했어요. '아무것도 아냐. 루케리야, 가서 일이나 봐.' 하고선 다시 저를 불러세우는 거였어요. '잠깐만 기다려 봐, 루케리야.' 그러더니 마님은 일어나서 제게 키스를 했어요. 그래서 제가 '행복하세요, 마님?' 하고 물었지요. '그래, 루케리야.' 하며 마님이 고개를 끄덕이더군요. 저는 '주인어른께서는 벌써 오래 전에 마님께 용서를 구했어야 했어요. 어쨌든 두 분이 화해하게 된 것을 하느님께 감사드려요.' 라고 말했지요. 그러자 '아주 좋아, 루케리야.' 라고 말씀하시더군요."

루케리야의 눈에 갑자기 눈물이 고였다.

"그러더니 '그만 가 봐요, 루케리야.' 하고선 미소를 짓더군요. 그것은 제가 여태까지 한 번도 본 적이 없는 아주 이상한 미소였어요. 아무래도 이상해서 저는 10분 뒤에 다시 그 방에 들어가 보았죠."

루케리야의 목소리가 떨리고 있었다.

"마님은 창문 가까이, 벽에 붙어 서 있었어요. 마님은 벽에 팔을 짚고 있었던 거예요. 그리고 손등을 이마에 대고 계셨어요. 마치 뭔가 생각하는 듯, 마치 웃고 있는 것만 같았어요. 저는 그냥 이상하다 생각하면서 조용히 돌아 나왔지요. 하지만 아무래도 안 되겠다 싶어 다시 들어가서 이렇게 말했어요. '날씨가 싸늘해요, 마님. 감기 걸리지 않도록 주의하세요.' 그런데 어찌 된 일인지 마님이 창문에 올라가 있었어요. 창틀에 서서 몸을 쭉 펴고 등은 제 쪽을 향해 있었지요. 손에는 그 성화상을 들고서요. 저는 그 광경을 보고 그만 가슴이 철렁 내려앉았어요. 그리곤 소리를 질렀어요. '마님! 마님!' 마님은 제 목소리를 듣고 뒤돌아서려고 몸을 움직이는 듯했어요. 그러나 결국 앞으로 한 발 내디디더군요. 마님은 가슴에 그 성화상을 안고 창문 밖으로 뛰어내렸던 거예요."

루케리야는 기어코 눈물을 터뜨리고야 말았다.

내가 문 앞에 도착했을 때 그녀의 몸은 아직 따뜻했다. 기분이 나빴던 것은 사람들이 모두 나를 쳐다보고 있었다는 사실이었다. 처음에 그들은 알아들을 수 없는 고함을 내지르더니 금방 조용해졌다. 그리곤 모두 내게서 멀어져 갔다.

그녀는 성화상과 함께 누워 있었다. 나는 아무 말 없이 그녀에게 다가가 오랫동안 바라보았다. 그러자 사람들이 다시 몰려들더니 내게 뭐라고 말했다. 루케리야도 물론 그곳에 있었다. 그러나 당시 나는 그녀를 보지 못했다. 그녀는 내가 입 속으로 무언가를 계속 중얼거리고 있었다고 했다.

나는 단지 내 옆에서 떠들던 어떤 사람의 외침만을 기억하고 있다. 그는 이렇게 소리쳤다.

"그녀의 입에서 피가 한 움큼 나왔어요. 한 움큼, 한 움큼 말이오!"

그리고 그는 돌 위에 묻은 피를 손으로 가리켰다. 나는 허리를 굽혀 손가락으로 피를 만져 보고 문질렀다. 그리고 계속 똑같은 말로 '한 움큼! 한 움큼!' 이라고 반복했던 것 같다.

도대체 그녀가 피 한 움큼을 흘리고 죽을 수 있다니! 그러다 나는 고래고래 소리를 지르고 주먹을 휘두르며 사람들에게 달려들었다.

미쳤어! 미쳤어! 이건 착각이야! 괴상한 일이야! 있을 수 없는 일이야! 단지 5분 늦었을 뿐인데…….

도저히 그럴 수 없다고? 아니, 그런 일은 능히 일어날 수도 있다고? 정말 누가 감히 그게 가능하다고 말할 수 있는가? 무엇을 위해, 왜 이 여자는 죽었는가?

오, 난 이해하고 있다.

그녀는 나의 사랑을 겁냈던 것이다. 나의 사랑을 받아들일까 말까를 그녀는 진지하게 고민했다. 결국 그녀는 이 문제를 감당할 수 없었기 때문에 죽음을 택했던 것이다.

난 알고 있다. 난 알고 있어. 내가 그녀에게 너무 많은 것을 약속하라고 요구했고, 그녀는 그것을 지킬 수 없을까봐 두려워했던 것이다. 그것은 너무나 명확했다. 하지만 나는 여전히 그녀가 죽어야만 했던 이유를 다 알지 못한다.

어쩌면 그녀 주위에 무엇인가 몸서리치는 사정이 있었을지도 모른다. 그녀는 스스로 죄를 지었다고 말했다. 그 때문에 수없이 고통을 받았다고도 말했다. 그녀가 저지른 죄는 무엇인가? 에피모비치와의 불륜인가? 그로 인해 나를 사랑할 수 없었던 것은 아닐까?

결국 이 문제가 여전히 숙제로 남았다. 이 문제가 마치 망치로 내 머리를 내리치는 것만 같았다. 만약 그녀가 에피모비치와 같이 살기를 원했다면, 그렇게 하도록 내버려두었을 것이다. 그녀는 내가 그것까지는 용납하지 않을 것으로 믿었던 것이다. 문제가 되었던 것은 바로 그것이다!

아냐, 아냐. 나는 지금 말도 안 되는 소리를 하고 있다. 전혀 그게 아니었어.

그녀가 스스로 목숨을 끊어 버린 것은 나에 대해 너무나 정직했기 때문이다. 날 완벽하게 사랑하지 않으면 안 되었기 때문이다. 그녀가 식료품 가게 주인을 사랑했던 것과는 다른 완벽한 사랑 말이다. 그녀는 식료품 가게 주인이 원했던 그런 사랑을 받아들이기에는 너무나 순결하고 너무나 정숙했다. 그녀는 반쪽 사랑이나 가짜 사랑으로 나를 속이고 싶지 않았던 것이다. 그래서 스스로 목숨을 끊었을 것이다.

그녀는 정직해! 너무 정직하다는 것이 바로 문제야!

그렇다면 그녀는 과연 날 사랑했는가? 경멸했는가? 알 수 없다. 하지만 적어도 그녀가 날 경멸했다고는 믿지 않는다. 아, 아무려면 어떤가? 그녀를 그대로 내버려두자. 심지어 평생에 걸쳐 날 경멸하도록 내버려두자. 단지 그녀가 살아 있게만 하자.

어제만 해도 그녀는 여기저기를 걷고 있었고, 이야기도 했다. 나는 단지 그녀가 어떻게 창문 밖으로 몸을 던졌는지 이해할 수가 없을 뿐이다. 그리고 내가 어떻게 5분 전에 그렇게 되리라고 상상할 수 있었겠는가? 나는 지금 루케리야를 불러 놓고 있다. 나는 이제 루케리야를 절대로 그녀의 숙모 집으로 돌려보내지 않을 작정이다.

오, 우리는 그 겨울 동안 서로가 끔찍하게 소외되어 있었다. 서로가 그 사실을 너무나 잘 이해하고 있었다. 그렇다면 우리는 과연 다시 친숙해질 수 있었을까?

우리는 왜, 도대체 왜 다시 결합할 수 없었고, 또 새로운 삶을 시작할 수 없었던가? 나는 그녀에게 관대했으며 그녀 역시 나에게 관대했었는데…… 단지 몇 마디만 덧붙였더라면, 더도 말고 이틀만 더 함께 있었더라면, 그녀는 모든 것을 다 이해할 수 있었을 것을……

무엇보다도 화가 나는 것은 기회가 있었다는 것이다. 다른 사람에게는 흔히 오는 그런 기회 말이다. 5분, 단지 5분 늦었다는 것만으로 나의 가장 소중한 기회는 사라져 버렸다.

내가 5분만 더 일찍 왔더라도 그녀가 죽는 일은 없었을 것이고, 우리는 예정된 행복의 길을 순조롭게 걸어갔을 것이다. 그리고 그녀가 나를 온전히 사랑할 수 있는 기회를 가질 수도 있었을 것이다.

그렇지만 지금은 텅 빈 방들만 있고, 나 혼자 버려져 있다. 내 외로움을 부추기듯 시계추만 똑딱거리고 있다. 나는 그런 것들에는 아무런 관심도 없다. 그런 것들은 나를 애석해 하지도 않는다. ……아무도 없다. 바로 이런 허전함이 가장 고통스러운 것이다.

나는 방 안에서 계속 서성댄다. 그녀는 쪽지 한 장도 남기지 않았다. 이를테면 사람들이 흔히 하는 것과 같이 '내 죽음에 대해 아무도 비난하지 말라.'는 식의 쪽지 말이다.

그녀는 루케리야가 곤란한 처지에 빠지게 될지도 모른다는 점을 생각지 않았던 것 같다. '그녀와 함께 있는 것이 따분하여 창문 밖으로 밀어냈다.'란 오해를 받을 수도 있었을 텐데 말이다.

만약 네 사람 이상이 창문에서건 여관에서건 아니면 마당에서건 그녀가 몸을 던진 것을 보지 못했다면, 루케리야는 즉시 경찰에 붙들려 가게 되었을 것이다. 그러고 보면 많은 사람들이 주변에 서 있었고, 또 창문에서 뛰어내리는 그녀를 보았다. 그것이 루케리야에게는 행운이었다.

그건 극히 짧은 순간이었다. 어떻게 조치를 취할 수 없는 순간이었다. 그것은 갑작스러운 충동이었으며, 허무맹랑한 사건이었다.

그녀가 그 성화상 앞에서 계속 기도를 했더라면 어떻게 되었을까? 그래도 죽음을 향해 스스로 몸을 내던졌을까? 아마 그녀의 마음속에 일어난 자살 충동이 10분 정도는 늦추어졌을지도 모른다.

그 시간이 모든 것을 결정지어 버렸다. 그녀가 미소를 지으면서 머리에 손을 얹고, 벽을 짚으며 서 있던 그 짧은 시간 말이다. 그때 어떤 생각이 그녀의 뇌 속으로 깊숙이 돌진해 들어갔고, 그녀는 아찔한 느낌으로 영영 되돌아올 수 없는 곳을 향해 가 버렸다. 그녀는 갑작스럽게 침범해 온 강렬한 충동에 도저히 저항할 수 없었던 것이다.

나를 완전하게 사랑하지 못한 죄스러움, 그리고 미안함.

이건 그녀가 분명히 잘못 이해한 것이다. 나와 함께 부부로 살아가는 것이 얼마든지 가능했는데 말이다.

만약 그녀가 이층에서 뛰어내린 것이 빈혈 때문이었다면 어떻게 됐을까? 즉, 심각한 원기쇠약 때문이었다면 말이다. 사실 그녀는 겨울 동안 허약해졌다. 그러면 바로 그 때문이었을까?

아, 너무 늦었어!

테이블 위에 누워 있는 그녀의 몸은 얼마나 야위었는가? 그리고 뺨은 또 얼마나 홀쭉해져 있는가? 그녀의 속눈썹이 화살표처럼 늘어서 있었다. 떨어져서 으스러지고 깨진 곳은 없었다. 단지 '한 움큼의 피' 밖에는 없었다. 찻숟가락으로 한 스푼 될까말까 할 정도의 극히 미세한 양의 피, 그것은 보이지 않는 그녀 내면의 상처에서 흘러나온 것이었다.

문득 이상한 생각이 들었다. 혹시 그녀를 파묻지 않아도 되는 것은 아닌가? 사람들이 그녀를 데려가게 되면, 그러면…… 오, 안 된다.

사람들이 그녀를 데려간다니 도저히 믿어지지 않는다.

나는 미치지 않았으며 정신 이상도 아니다. 오히려 정반대다. 내 정신이 이처럼 명확해진 적은 한 번도 없었다. 그렇지만 방만 두 개 덩그러니 비어 있고 아무도 없다면, 그리고 저당 잡은 물건들만 있는 가게를 나 혼자 서성거린다면, 그때 나는 어떻게 될 것인가? 나는 외로워서 미칠 수밖에 없을 것이다.

나는 그녀가 죽게 될까봐 염려했었는데, 그게 지금 이렇게 현실로 나타난 것이 아닌가!

나에게 당신들의 법이란 대체 무엇인가? 내가 무엇 때문에 당신들의 관습이나 도덕, 당신들의 인생과 신분 그리고 당신들의 신앙을 염려해야 하는가?

당신들의 판사가 나를 판단하겠지. 하지만 나는 아무것도 인정할 수 없다고 말할 것이다. 그러면 판사는 이렇게 고함칠 것이다.

"조용히 하시오, 장교!"

그러면 나는 대답할 것이다.

"지금 당신은 무슨 권한으로 나에게 큰소리치는 거요? 나보고 무엇에 복종하란 말이오? 적절한 때에 제대로 대처하지도 못하는 그 쓸모없는 권력으로, 왜 나의 가장 소중한 것을 파괴시켜 놓았소? 당신들의 법이란 게 지금 내게 뭐란 말이오? 그건 내게 아무것도 아니오."

오, 나는 그녀 외의 어떤 것에도 관심이 없다.

그녀는 눈이 멀었어. 눈이 멀었던 거야! 하지만 그녀는 이미 죽었으며 듣지도 못한다.

내가 당신들 주위에 파라다이스를 건설해 줄 수도 있었다는 것을 당신들은 모르고 있어. 내 영혼 속에는 파라다이스가 있었으며, 나는 당신들 주위에 꽃을 활짝 피워 줄 수도 있었는데!

아마 그래도 당신들은 날 사랑하지 않았을 거야. 그게 그런 것이지. 그게 뭐냐고? 세상의 일들을, 지금껏 그래왔던 것처럼 그냥 머무르게 하는 거야. 그녀는 내가 꽃밭을 만들어 줄 때까지 기다리고 있어야 했던 거라고.

물론 그녀만이 아니야. 당신들은 그저 내 이웃으로서, 내 친구로서 말을 건네주기만 했어도 됐는데……. 우리는 서로를 바라보면서 기뻐하고 또 즐겁게 웃었어야 했는데……. 그리고 우리는 그렇게 살았어야 했던 거야.

당신들과 나는 서로 사랑할 수도 있었어. 당신들은 웃으면서 나와 함께 걸을 수도 있었고, 또 나는 길 건너편에서 미소를 지으

며 당신들을 바라볼 수도 있었는데…….

오, 어찌 되었든 간에 무슨 수를 써서라도 그녀가 딱 한 번만이라도 눈을 뜨게 된다면! 단 한순간이라도 좋으니, 단 한 번만이라도!

오늘 아침 그녀가 내 앞에 서서 충실한 아내가 되겠다고 맹세했을 때처럼 그저 나를 한 번만이라도 쳐다봐 준다면! 오, 단 한 번만 눈을 떠도 그녀는 모든 것을 다 이해하게 될 텐데!

오, 인간은 지상에 있는 한 외롭다. 지긋지긋하게 무서운 것이 바로 그 외로움이다! 러시아의 한 영웅이 이런 말을 했었지.

"이 나라에 살아 있는 사람이 한 사람이라도 있단 말인가?"

비록 내가 영웅은 아니지만, 나도 똑같이 소리칠 것이다. 그리고 내 고함 소리에 응답하는 사람은 아무도 없을 것이다.

이 세상의 생명체들은 언젠가는 죽기 마련이다. 인간은 외롭다. 죽음과 외로움과 그것을 감싸고 있는 침묵. 그것이 바로 이 세상이다.

"사람들아, 서로 사랑하라."

이 말은 또 누가 했는가? 대체 누구의 계명이었던가?

똑딱똑딱. 시계추만이 무정하게 아무런 감각도 없이 움직인다. 밤 두 시다. 그녀의 귀엽고 작은 신발이 그녀를 기다리기라도 하듯 침대 곁에 가지런히 놓여 있다. ……
안 된다. 이것은 심각한 문제다. 내일
사람들이 올 것이다. 그리고 그녀를 영
원히 데려갈 것이다. 그렇게 되면 아아,
나는 어떻게 되는 것일까?

작품 해설

■■■ 도스토예프스키의 생애

러시아 문학의 대표자이며 예언자, 선각자, 심리학자, 잔인한 재능을 지닌 시인 등으로 불리는 도스토예프스키는 1821년 러시아 모스크바에서 퇴역한 군의관의 아들로 태어났다.

1844년 프랑스 작가 조르쥬 상드를 비롯한 여러 작가들의 소설을 번역하는 일로 문단에 입문한 그는 1846년 가난한 청년과 소녀와의 사랑을 통해 빈민들의 삶과 사회적 모순을 고발한 소설, 『가난한 사람들』과 『분신』 등을 발표한다.

1848년 그는 당시의 차르 시대에 논의가 금지된 사회주의 이론을 연구하는 젊은 지식인 단체에 가입하여 활동했다. 1849년 이 단체가 경찰에 적발되어 구성원들이 모두 체포되고 도스토예프스키는 총살형을 선고받지만, 사형 집행 수분 전에 황제의 특사로

실아나 시베리아의 옴스크로 유배된다.

1854년 석방된 그는 몽고 근처 세미팔라틴스크에 있는 보병대 대에 배치되었고, 그곳에서 하급관리의 미망인과 결혼한다. 그리고 1859년에 폐렴을 앓던 아내와 함께 상트페테르부르크로 돌아가도 좋다는 허가를 받는다.

1861년 그는 러시아 유형문학의 최고 걸작이라는 평가를 받는 『죽음의 집의 기록』, 고난을 통한 구원을 주제로 한『학대받은 사람들』을 탈고하였다.

1864년에는 물질문명과 전체주의를 비판한 작품,『지하생활자의 수기』를 출간하지만, 아내가 병으로 죽고 경제적 후원자였던 형마저 세상을 떠나 재정난에 빠진다.

이때 도스토예프스키는 어느 간교한 출판업자와 단시간 내에 새로운 장편소설 한 편을 완성하지 못하면, 그의 모든 작품에 대한 저작권을 넘기기로 합의한다. 마감을 두 달 앞두고 그는 룰렛에 대한 자신의 열정을 토대로『노름꾼』을 완성하는데, 이때 시간이 촉박했던 그는 19세의 속기사 안나 스니트키나를 고용했다. 이후 그녀는 현숙한 아내가 되었고 문학적 동료로까지 발전하게 된다.

도박, 특히 룰렛에 심취했던 도스토예프스키는 수년간 채권자를 피해 독일과 오스트리아 등으로 도피 생활을 했는데, 그 시기에 걸작『죄와 벌』(1866)과『백치』(1867),『악령』(1872) 등을 완성한다. 그리하여 1873년 도스토예프스키가 러시아로 돌아왔을 때 이미 세계적인 명성을 얻은 작가가 되어 있었다.

1873년 그는 〈작가의 일기〉를 보수 주간지 《시민》에 연재하였고, 월간지의 편집장을 거쳐 1880년에는 그의 마지막 소설이 된 『카라마조프 가의 형제들』을 발표했다.

1880년 모스크바에서 열린 푸시킨 기념행사에서 연설을 통해 수많은 군중들을 감동시켰던 도스토예프스키는 1881년 상트페테르부르크에서 폐출혈로 숨을 거두었다.

▴▪■ 백야 그리고 착한 영혼

백야

도스토예프스키의 대표적인 단편 중의 하나로 손꼽히는 소설 〈백야〉는 인간이라면 누구나 그려 보았음직한 성스럽고 애달프며 순수한 사랑의 이중성을 그리고 있다.

사랑은 다가서면 멀어지고, 정작 그 자리를 떠나려 하면 다가온다. 그 사랑이 진정으로 내 것이 되려 할 때면, 그 사랑은 아주 멀리 사라져 버린다. 그리하여 우리들은 가끔 이런 의심을 할 때가 있다.

'내가 사랑하는 사람은 진정으로 내가 원하는 사람일까? 지금 내 곁에 있는 사람은 나를 지극히 사랑하며 모든 것을 다 줄 수 있는 그런 사랑일까?'

아니다. 당신이 꿈꾸는 사랑이란 언제나 남의 것이다. 사랑이 행복한 표정으로 내 곁에 있을 때는 슬픔과 고통이란 방해꾼이 항상 따라다니기 때문이다. 그들과 힘겨운 전쟁을 벌이며 당신은 그 행복을 지키려 하지만, 이미 나의 사랑은 상처받고 울고 있다. 천 년을 기다린 끝에 만난 사랑이라도 마찬가지다. 그 긴긴 세월에도 아사달과 아사녀의 사랑의 거리는 조금도 좁혀지지 않았다. 그것은 바로 인간이 지닌 숙명 때문이다.

사랑은 물론 운명이 아니다. 그렇다고 쟁취 또한 아니다. 사랑은 그 순결한 사랑의 마음으로써만 아름답다. 그렇다면 그 본질은 무엇이란 말인가? 단언하건대 사랑은 바로 환각이며 몽상이며 신기루에 불과하다. 그러므로 사랑은 하나의 지옥이다. 사람들은 그 지옥불의 휘황함에 매혹되어 제 몸이 타는 줄도 모르고 불 속으로 뛰어들고 있는 것이다. 그리하여 종국에 두 사람이 헤어지는 이유는 바로 그들 자신의 불타는 사랑 때문인 것이다.

〈백야〉는 이와 같은 사랑의 본질을 한 공상가의 눈으로 어느 봄날 그의 속절없는 꿈을 통해 들려주고 있다. 해가 지지 않는 하얀 밤, 그 무심한 빛살 속에는 연인들의 슬픈 사랑 이야기가 담겨 있는 것이다.

이 소설은 도스토예프스키의 문단 데뷔 시절 자신의 천재성을 증명하는 계기가 된 작품으로 〈감상적 로망〉과 〈어느 몽상가의 추억〉이라는 두 개의 부제를 가지고 있다.

우리는 이 작품을 통해 그동안 무겁게 여겨 왔던 도스토예프스키가 얼마나 섬세한 감정을 지닌 서정시인이었는가를 알 수 있다. 그가 살았던 상트페테르부르크의 데나 강변과 고색창연한 건물들이 어우러진 아름다운 경관을 떠올리면서 이 책을 읽는다면 불현듯 누군가의 손길이 그리워지지 않을까 싶다.

착한 영혼

도스토예프스키의 또 다른 단편 〈착한 영혼〉의 첫 무대는 전당포이다. 전당포는 그의 대표작으로 꼽히는 『죄와 벌』의 무대이기도 하다. 그 작품에서 주인공인 라스콜리니코프는 자기와는 별 상관이 없는 전당포 노파를 무참하게 살해하고 나서 누이동생에게 다음과 같이 말한다.

> "내가 그 백해무익하고 더러운 벌레 같은, 아무에게도 도움
> 이 되지 않는 전당포 노파를 죽인 것 말이냐? 가난한 사람들의
> 피를 빨아먹는 그 따위 노파를 죽인 것은 도리어 마흔 가지 죄
> 를 용서받아 마땅한 일이다."

이 대사는 도스토예프스키가 당시의 전당포에 관해 얼마나 좋지 못한 선입관을 가지고 있는지를 단적으로 증명해 준다. 물론 작가는 평생을 돈에 쪼들려 살았다. 낭비벽과 도박벽 때문이다. 그는 투르게네프와 같은 문우나 출판사, 그리고 친척과 그밖의 친구에게 돈을 구걸했고, 심지어 아내의 패물을 처분하기까지 했다.

이렇게 해서 자신의 전 재산을 도박판에 쏟아 붓고 마지막 남은 자신의 시계까지 처분해야 했을 때 그 심정은 어떠했을까? 따라서 도스토예프스키가 이 소설을 자신의 적, 즉 전당포 주인의 입장에서 써 간 것은 참으로 흥미로운 일이다.

주인공인 '나'는 멸시와 천대 속에서 살아가는 전당포 주인이다. 그의 생애는 불운했고, 주위 사람들로부터 소외되어 있다. 이웃들은 따뜻한 말 한마디 인사 한마디 건네는 법이 없다. 그런 상황에서 주인공이 믿을 것은 무엇인가? 오직 돈뿐이다. 돈만이 그를 지켜 주고, 그가 하고 싶은 것을 이룰 수 있게 한다.

그는 어느 가난하고 착한 여자를 만나 한순간에 사랑에 빠진다. 하지만 불행히도 여자를 사랑하는 방법을 알지 못하는 그는 고리대금업자로서의 지나친 자격지심과 독선으로 그녀를 실망하게 만들 뿐이었다.

그녀는 외도를 통해, 혹은 주위 사람들과 똑같은 멸시를 퍼부음으로써 그에게 복수를 한다. 하지만 그는 그녀의 모든 말과 행동을 용서할 수밖에 없다. 자신이 너무나 사랑하는 여인이었기 때문이다.

게다가 그는 그녀가 감당할 수 없는 많은 약속을 한다. 하지만 그녀는 그 약속을 받아들일 수 없다. 자신이 저지른 죄 때문에 그녀의 순수한 영혼이 떠안기에는 너무나 큰 짐이었던 것이다. 결국 그녀는 자살을 통해 용서를 빌었고, 그에게 돌아온 것은 허망한 외로움뿐이었다.

이 작품은『죄와 벌』이 발표된 지 2년 뒤에 씌어졌지만, 소품인 탓에 그리 세상에 알려지지 않았다. 어쨌든 짧은 기간에 씌어진 두 작품이 똑같은 전당포 주인을 묘사하면서 한 쪽은 백해무익한 인간 유형으로, 다른 한 쪽은 충분히 동정 받을 만한 가치가 있는 인간 유형으로 묘사한 점이 특이하다. 그 사이에 도스토예프스키의 생각이 바뀌었던 것일까?

이상각

작가 연보

F. M. 도스토예프스키
(Fyodor Mikhailovich Dostoevskii, 1821~1881)

✤1821년 (러시아력曆)

10월 30일, 모스크바의 마린스키 자선병원에서, 1등 군의관을 지냈던 아버지 미하일 안드레예비치 도스토예프스키와 어머니 마리야 표도로브나의 둘째 아들로 태어났다.

✤1834년

10월 모스크바에 있는 중학 과정의 모스코기숙학교에 입학했다.

✤1837년

2월 27일 어머니가 사망했다. 그는 갑작스런 후두염과 목소리 상실로 고생하였다. 이 병은 그를 평생 따라다녔다.

✤1838년

1월 육군공병사관학교에 들어갔다. 프랑스인 교사 조셉 쿨낭의 수업에 감명받았으며, 그의 지도로 발자크, 유고, 호프만, 괴테의 작품에 심취했다.

✤1839년

6월 6일 아버지가 영지 농노의 원한을 사서 살해되었다.

실러, 호메로스, 프랑스 고전 비극 등을 탐독했다. 11월 하사관에 임관되었다.

✤1841년~1843년

2월 『마리 스튜어트』, 『보리스 고두노프』를 집필하였으나 지금은 남아 있지 않다. 1842년 8월 소위로 진급했다. 1843년 8월에는 공병학교를 졸업하여 공병단 제도국에 배속되었다. 12월부터 이듬해 봄까지 발자크의 『외제니 그랑데』를 번역했다.

✤1844년

2월 빚 때문에 영지와 농노 상속권을 포기했다. 봄에서 여름까지 상드의 『마지막 아리디니』를 번역, 9월 『가난한 사람들』을 쓰기 시작했다. 10월 19일 중위에 진급하면서 그토록 바라던 제대가 허락되었다.

✤1845년

5월 초 『가난한 사람들』을 탈고하여 평론가 벨린스키로부터 격찬을 받았다. 여름 『분신』을 집필했다. 11월 〈아홉 통의 편지로 적은 소설〉을 하룻밤 사이에 완성했다.

✤1846년

1월 24일 『가난한 사람들』을 네크라소프의 『페텔스블그 문집』에 발표했다. 2월 1일 《조국의 기록》에 『분신』을 게재했다. 10월 〈프로하르친 씨〉를 발표, 12월 『네트치카 네즈바노바』를 쓰기 시작했다.

✤1848년

당시 논의가 금지된 사회주의 이론에 흥미를 느끼고 페트라셰프스키의 집에서 푸리에주의와 공산주의에 관한 강연을 들었다. 〈어느 아내〉 〈약한 마음〉 〈정직한 도둑놈〉 〈크리스마스와 결혼식〉 〈백야〉 〈질투하는 남편〉을 《조국의 기록》에 발표했다.

✤1849년

4월 23일 페트라셰프스키회의 검거로 다른 회원들과 함께 붙들려 페트로파블롭스크 요새 감옥에 감금되었다. 12월 22일 사형선고를 받고 형장에 끌려갔으나 황제의 특사로 4년간의 시베리아 유형과 형기만료 후 4년의 병역 근무를 최종 선고받고 24일 페테르부르크를 떠났다.

✢ 1850년

유형지 옴스크 요새에 도착하여 복역을 시작했다. 간질로 발작을 일으켰다.

✢ 1854년

2월 중순, 형기만료. 3월, 몽고 근처 세미팔라틴스크의 제7국경수비대에 일개 병사로서 편입되었다. 봄, 그 마을의 세무 관리 알렉산들 이사예프를 알게 되었는데, 그의 아내 마리야 드미트리예브나에게 첫눈에 반했다.

✢ 1855년

『죽음의 집의 기록』을 쓰기 시작했다. 3월, 이사예프 집안이 세미팔라틴스크를 떠나 크즈네크로 전근을 갔다. 8월 이사예프가 사망했다.

✢ 1857년

2월 6일 마리야 드미트리예브나 이사예프와 결혼했다. 심한 간질 발작으로 4간일 팔나우에 머물렀다. 그로 인해 군복무를 계속 할 수 없다는 진단을 받았다.

✢ 1858년

1월 군복무 해제와 모스코 거주를 청원했다. 5월 『큰아버지의 꿈』『스테판티코보 마을』을 집필했다. 6월 형 미하일이 정치·문학 잡지 《시대》지의 출판 허가를 요청하였다.

✢ 1859년

3월 18일 하사관으로 퇴역했다. 『큰아버지의 꿈』이 《러시아의 언어》 3월호에 게재되었다. 10월 『죽음의 집의 기록』의 집필을 구상했다. 『스테판티코보 마을』을 《조국의 기록》 11·12월호에 발표했다.

✢ 1860년

1월, 오스노프스키 출판사에서 처음으로 두 권의 작품집을 간행했다. 스테로프스키가 간행하는 주간지 《러시아 세계》(67호)에 『죽음의 집의 기록』을 첫머리부터 연재하였다. 가을, 형과 함께 문학 서클 '편집자들의 모임'을 결성, 당대 유명 인사들이 대거 참여하였다.

1월 《시대》지를 창간하여 『학대받은 사람들』을 창간호부터 7월호까지 연재하였다. 전의 주치의 야노프스키의 아내인 여배우 알렉산드라 슈벨트와 교제하였으나 몇 달 만에 관계를 끊었다. 7월 『학대받은 사람들』을 마지막 손질하여 9월에 출판 허가를 받았다. 오스트로프스키, 드브로류포프 등 많은 작가들과 관계를 맺었다.

❖1862년

《시대》지 1월호부터 『죽음의 집의 기록』 제2부의 연재를 시작했다. 11월호에는 『싫은 이야기』를 발표했다. 아포리나리아 스스로바와 깊은 교제를 나눴다.

❖1863년

2월 《시대》지에 〈여름 인상에 대한 겨울 메모〉를 연재했다. 5월, 스트라호프의 논문 〈숙명적인 문제〉의 게재로 《시대》지의 발간이 금지되었다.

❖1864년

1월, 갑자기 《세기》지의 발간 허가가 떨어졌다. 3월 21일 《세기》의 첫 호가 발간됐다. 『지하생활자의 수기』 제1부를 《세기》에 발표했다. 4월 15일 아내 마리야 드미트리예브나가 건강 악화로 숨을 거두었다. 7월 형 미하일이 간염으로 사망했다. 형의 유가족과 빚 2만 5천 루블, 빚더미에 앉은 《세기》지를 모두 그가 떠맡게 됐다.

❖1865년

3월, 〈악어〉를 《세기》 2월호에 발표했다. 그러나 《세기》지는 재정난으로 통권 13호로 발행을 중단했다. 그의 개인 빚이 1만 5천 루블이나 되었다. 7월 2일, 3천 루블과 1866년 11월 1일까지 또 다른 장편을 넘겨주는 것으로 스테로프스키에게 그의 모든 저작권을 양도했다. 여기에는 약속을 어길 경우엔 향후 9년간 전 작품을 무상으로 제공해야 한다는 단서 조항까지 딸려 있었다. 7월 말 비스바덴에서 룰렛에 열중하여 닷새 만에 가진 돈을 몽땅 잃었다. 여름, 『죄와 벌』을 쓰기 시작, 11월 말 초고를 불태워 버렸다. 4권짜리 전집 중 제1권, 제2권이 그의 검토와 수정을 거쳐 스테로프스키 출판사에서 출간됐다.

❖1866년

『죄와 벌』을 《러시아 통지》 1월호부터 연재하기 시작하여, 12월호로 완결됐다.

『노름꾼』을 구상하고 『죄와 벌』 5부를 썼다. 스테로프스키에게 건네줄 새 작품을 기한(11월 1일)까지 완성하기 위해 속기사 안나 스니트키나를 채용, 『노름꾼』의 구술을 시작하여 기한에 제출했다. 안나 스니트키나에게 『죄와 벌』 마지막 부분을 속기해 달라고 부탁했다. 그녀에게 청혼하여 승낙을 받았다. 스테로프스키 작품집 제3권이 나왔다.

✤ 1867년
2월 15일 안나 스니트키나와 결혼식을 올렸다. 수차례 도박으로 돈을 잃고 물건까지 저당 잡혀 경제 사정이 매우 악화되었다. 채권자들을 피해 독일, 오스트리아 등으로 4년 넘게 도피 생활을 했다. 10월부터 『백치』 집필에 들어가, 12월 마침내 최종 원고 작업을 끝냈다.

✤ 1868년
1월 《러시아 통지》에 『백치』의 연재를 시작했다. 2월 22일 딸 소피야가 태어났다. 계속되는 도박. 5월 12일 어린 딸 소피야 폐렴으로 사망했다. 『카라마조프 가의 형제들』의 원형과 『무신론자』를 착상했다.

✤ 1869년
딸 류보프가 태어났다.

✤ 1870년
『영원한 남편』이 《새벽》 1월호에 실렸다. 『악령』을 쓰기 시작했다. 10월 『죄와 벌』이 수록된 스테로프스키 작품집 제4권이 간행되었다.

✤ 1871년
1월 《러시아 통지》에 『악령』을 연재하기 시작했다. 7월 16일 맏아들 표도르가 태어났다. 11월 『악령』 제2편을 완성했다. 『영원한 남편』이 단행본으로 간행되었다.

✤ 1872년~1873년
12월 극우 계통의 주간신문 《시민》의 편집장을 수락, 편집과 함께 〈작가의 일기〉 칼럼을 맡았다. 『악령』 제3편 후반을 《러시아 통지》 12월호에 발표했다. 독감과 폐기종으로 고생하기 시작했다. 이듬해 1월 1일 《시민》지 제1호가 나왔다. 『악령』이

세 권의 단행본으로 출간되었다.

1월 『백치』가 두 권의 단행본으로 나왔다. 4월 건강상의 이유로 《시민》지의 편집 장직을 사퇴했으나 기고는 중단하지 않았다. 겨울 동안 『미성년』을 집필했다.

✤1875년
1월 『미성년』이 《조국의 기록》 1월호부터 연재됐다. 8월 10일 둘째 아들 알렉세이 가 태어났다. 11월 개인 잡지 《작가의 일기》 발간을 위해 자료수집을 시작했다.

✤1876년
1월 《작가의 일기》 간행을 개시하여 다달이 발간, 단편 〈예수의 크리스마스에 초 대된 아이〉 〈농부 마레이〉 〈백살의 노파〉 등을 게재했다. 『미성년』이 3권으로 간 행됐다. 『온순한 여자』를 집필하여 11월호 《작가의 일기》에 발표했다.

✤1878년
1월 작품 창작을 위해 《작가의 일기》의 집필을 중단했다. 『카라마조프 가의 형제 들』의 구상이 무르익어 갔다. 5월 16일 둘째 아들 알렉세이가 간질 발작을 일으켜 숨겼다. 7월 『카라마조프 가의 형제들』 집필에 착수, 12월에는 약 10매 분량의 원 고를 썼다.

✤1879년~1880년
1월 『카라마조프 가의 형제들』을 《러시아 통지》에 연재했다. 7월 몸과 마음이 쇠 약해져 9월 초순까지 엠스에서 요양했다. 이듬해 5월 모스크바에서 열린 푸시킨 동상 제막식에서 푸시킨에 대한 연설을 하여 대중으로부터 열광을 불러일으켰다. 『카라마조프 가의 형제들』의 집필을 계속해 11월 8일 탈고했다.

✤1881년
1월 26일 각혈을 했다. 폐기종에 의한 폐동맥 파열이라는 진단을 받았다. 28일 다 시 출혈이 일어나 의식불명에 빠졌다가, 저녁 8시 38분 눈을 감았다.